小高賢　アルバム

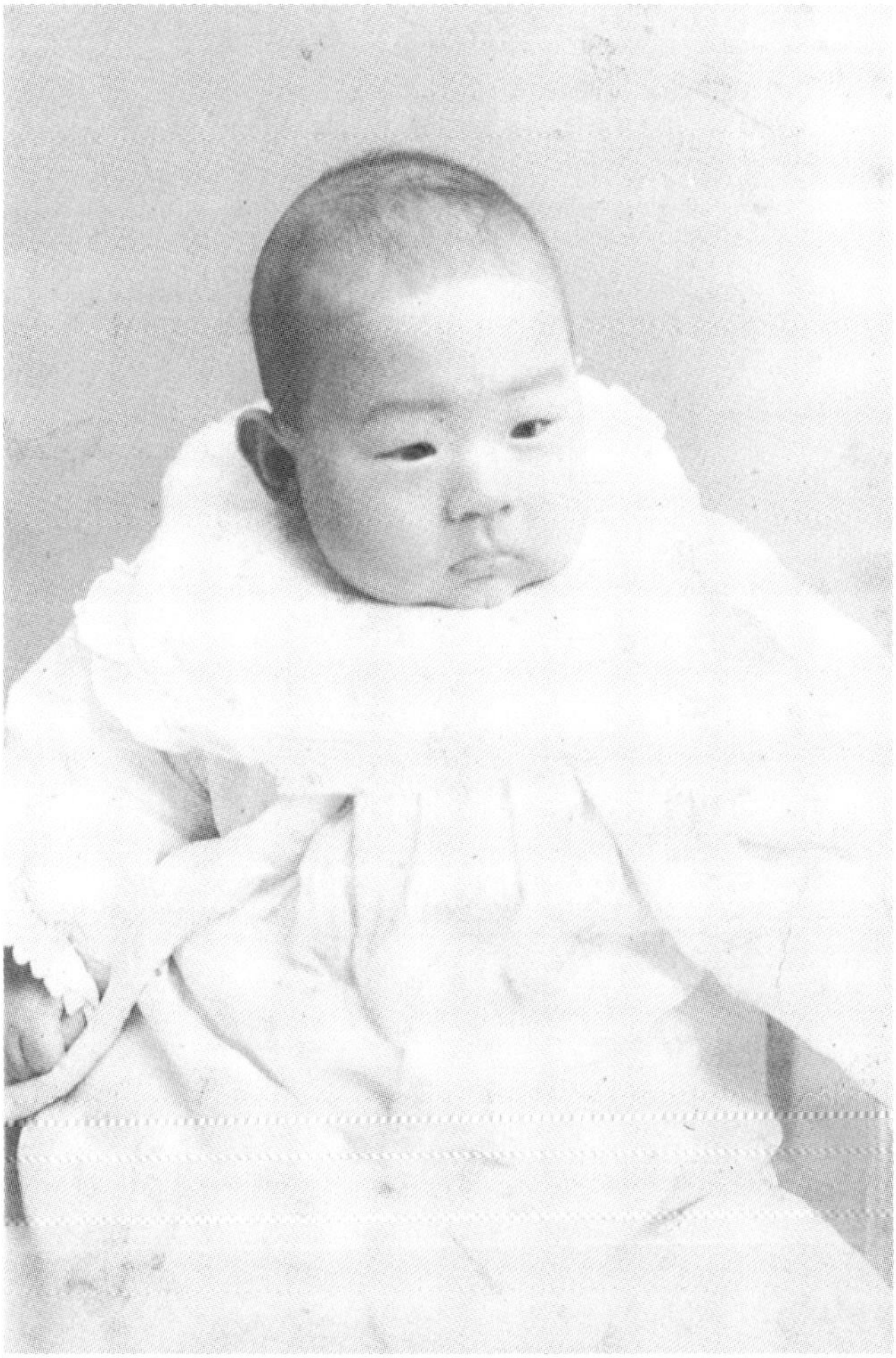

■Ｓ１９年、一枚しかない赤ん坊のときのもの。

■Ｓ２９年、小学４年と、写真裏に記してあった。近くの榎稲荷。

■Ｓ３０年頃、家の裏で。妹礼子と。

■Ｓ２０年代後半、兄悦也と。日比谷公園か？

■Ｓ４１年、三田演説館前。友人とポーズをとっている。左から二人目、小高。

■Ｓ５２年、石神井のグランドで。背番号２７（写真上）■Ｓ５０年頃、黒川能の帰りの車中。馬場あき子さんと(短歌を始める前)。(写真左上）■Ｓ４２年、八王子大学セミナーにて。初めて丸山眞男先生と会う。左後ろ小高、小高右前丸山先生。(写真左）■Ｓ５３年、「かりん」創刊の年の秩父合宿。前列左より三枝浩樹、岩田正、馬場あき子、三枝昂之、野沢龍起。２列目下村道子、影山美智子、今野寿美、伊藤妙子、下村光男、３列目瀬木志津江、池田君江、寺戸和子、田村広志、小高（写真下)。

■Ｓ５０年代、中山競馬場にて。左より宇山秀雄さん、高山盛次さん、山岸義明さん、小高。

■Ｓ６０年頃､新大橋にて。

■Ｓ５０年代後半、現代新書編集長時代。

■Ｓ６０年頃、取材旅行で、安野光雅さんと。多分、吉野。

■Ｓ６０年頃、銀座にて。

■Ｓ６０年頃、山口昌男さんと国技館にて。■Ｓ６０年頃、杉浦康平さんと。

■Ｈ５年、１９年の会。京都銀閣寺近辺にて。■Ｈ１０年頃、上司だった大村彦次郎さんと。

■Ｓ５９年、安岡章太郎さん宅にて。左は杉山正樹さん。

■Ｈ１２年、牧水賞受賞式後、牧水生家にて、左から大松達知さん、小島ゆかりさん、伊藤一彦さん、小高。

■Ｈ５年頃、近藤芳美さんと。

■Ｈ元年、「みぎわ」記念大会にて、岡井隆さん（中央）、道浦母都子さんと。

■Ｈ９年、弥彦神社の宮柊二歌碑の前で。

■Ｈ１３年頃、田井安曇さんと。

■Ｈ１０年、「実朝を偲ぶ仲秋の名月・伊豆山歌会」にて。左より宮英子さん、篠弘さん、小高、河野裕子さん。

■Ｈ２１年、天野敬子さん（中央)、加藤典洋さんと。

■Ｈ１２年、左より網野善彦さん、小高、大津透さん、山本幸司さん。

■Ｈ１５年、松本での「空穂会」。左から小高、篠弘さん、大下一真さん、草田照子さん、一人おいて富小路禎子さん、馬場あき子さん。

■Ｈ２４年、醸句会での釜山吟行。奥から３人目が小泉武夫さん。

■Ｈ２３年、伊勢神宮御木曳きに参加して。右が神崎宣武さん。

編集とは何か
編集者 齋藤十一

小高賢

シリーズ牧水賞の歌人たち Vol.5

シリーズ牧水賞の歌人たち Vol.5

小高　賢

CONTENTS

監修　**伊藤一彦**

表１、表４、背表紙、８ページ、本扉、中扉、目次、インタビュー写真＝撮影：永田淳　アルバム写真＝提供：小高賢

牧水賞の歌人たち Vol.5

小高　賢

まだ終わらないもの——小高賢さんのこと

Essay ●加藤　典洋 Norihiro Kato

　ここでは歌人を鷲尾賢也さんと呼ばせていただく。理由は簡単で、私は歌人を、歌人のお名前で呼んだことが一度もないのである。ことによれば、その人にお会いしたことすらないかもしれない。いつも会うとき私の前にいるのは、鷲尾賢也という人なので。

　その鷲尾さんとは、当初、編集者と書き手という関係でお会いした。

　自分よりも年少の人として会ったら、さぞかし好青年ぶりの鮮やかな人だったろう。しかし、残念ながら、現実には、鷲尾さんのほうが四歳ばかり年上で、しかも役職つきの編集者。実際におつきあいしてみると、その温厚な身のこなしにも似ず、これほど頑固で、「言うことをきかない」、編集者氏は、はじめてだった。

　いつもは穏やかなのだが、一か八か、丁か半か、というときに、——原稿で言うなら、締め切りの最終段階でのギリギリのやりとりの場で、——そこだけ、頑として、譲らない。寛仁大度でなくなる。ご本人にはその自覚はないのかもしれないのだが、当方としては、ええい、とばかり、嚙み砕こうとして、歯が欠けそうになり、思いとどまった記憶がある。それが何に関してのことだったかもすっかり忘れているにもかかわらず、そのときの「ガリッ」という触感が、腔内に残っている。たしか、鷲尾さんが講談社の学術局長として、叢書「メチエ」を企画され、第一回配本の一冊として、書き下ろしの缶詰めになっている頃のことだったろう。

その鷲尾さんが、するすると出世したと思うとまもなく、あっさりと退職された。その少し前あたりから、編集者と書き手というよりは、友人仲間の一人となっていて、よく、鷲尾さん、鷲尾さんの先輩にあたる元「群像」編集長・元「短歌研究」の天野敬子さん、共同通信記者の小山鉄郎さん、書き手仲間の竹田青嗣などと、温泉に行ったりした。一番楽しい時期だったような気がする。職業人である以上、いろんなことがあったのだろうが、そういう話を交わした記憶は一度もない。いつも、政治だとか、思想だとか、戦後だとか。あと、ときどき文学だとか。人で言うと、安岡章太郎、丸山眞男というような名前が、敬愛の心持ちを乗せてこの人の話頭にのぼった。

短歌の話も、時にする。

誰かが話題を持ち出せば、答える。ただ、そんなにはしない。この人のどこかに短歌の度量衡があって、たとえば、合計が、いつも、一を越えない、というように秤が働いているという印象を私は受けた。

そういう私も、歌人が歌を詠む人であることは知っているから、ときどき、いただいた歌集をひらく。記憶に残っているのは、武骨な歌である。どこか、「ガリッ」という音が聞こえるような。

わが手足規矩に余ればもぐべしと裁かれたりし夕べの会議

居直りをきみは厭えど組織では居直る覚悟なければ負ける

職業ということばは、英語にすると、プロフェッショナル。そこで、英語にならないもの、サマにならないもの、職業という日本語にだけ残存するものの悲しい語感、小癪でない、貧しく武骨な固さが、私にとって元職業人鷲尾賢也の歌のふるさとのようである。

二年前、半年デンマークのコペンハーゲンに妻と二人で暮らしたとき、誘った友人みなに振られた中で、鷲尾さんが同じく歌を詠まれる奥様と二人で、スウェーデンに住む友人を訪れる途上、寄ってくださったことがある。

数日間、四人でお会いした。それがきっかけになり、ときどきいまも、四人で、浅草近辺、川越市中、互いの居住する近辺をふらふら歩く。そうするうち、意外な一面というのではむろんないが、奥様とのやりとりから、この人が歌を大事にしているようであることを、察知することがあった。

鷲尾さんが、きわめて強度の飛行機恐怖症であることは友人の間ではよく知られている。最初の頃は、見知らぬ反対側の隣席の女性に、奥様から事情を話し、奥様とその女性、それぞれに手を握ってもらって離陸したそうである。それでも最近は、よく奥様と二人、飛行機に乗る。歌人は変わった。

そこにどういう心境の変化があったのか。心の底の底で何が起こったのか。そういうことを、鷲尾さんは、語らない。それは単に、聞かれないので、語らないということなのだが、本所両国生まれの人は、そういうことが起こらない交友を、いつのまにか周到に設え終えているのである。非武装地帯があるのだが、そこにネギや茄子を植えているので、誰にもわからない。それで、私のような者は、ときどき、怖いもの見たさに、歌集を手に取り、その先を覗く。


雲払う風のコスモス街道に母の手をひく母はわが母

多分おそらく老いのはてには完熟の恋のあるらん降りないぞまだ

Profile
かとう　のりひろ　１９４８年生まれ。文芸評論家。早稲田大学教授。著書に『テクストから遠く離れて』『日本風景論』『敗戦後論』など多数。

生みの親

Essay ●中嶋　廣 Hiroshi Nakajima

小高賢、本名鷲尾賢也さんと初めてお会いしたのは二十余年前。「ムダの会」という、いろんな出版社の編集長クラスの人たちが集まる懇談会（飲み会）があり、誘ってくれる人があって文字通り末席を汚した。場所は両国の軍鶏鍋屋《しゃもなべ》、「鬼平犯科帳」に出てくる五鉄の軍鶏のモデルになったといわれる店だった。

鷲尾さんは、すでに講談社の編集者として名声高く、このときは書き下ろしシリーズ「選書メチエ」を創刊されたばかりだった。

鷲尾さんのそこでのお話はよく覚えている。いわゆる人文書のテーマは、中身は時代によって変わるが、ジャンルは変わらない。つまり思想、哲学、歴史、宗教、これに心理、教育、社会などを加えて真剣に本を作れば、常に仕事として成り立つというものだった。また新書などは語学、特に英語をテーマにしたものを定期的に出せば、部数は底堅いとも言われた。

私はその時、「季刊仏教」という雑誌を編集していたのだが、宗教としての仏教に興味が薄れ、仕事に飽きかけていた。だから鷲尾さんのお話を伺いながら、世界が一気に開ける思いがした。

鷲尾さんはまた、正月にＮＨＫの連続ドキュメンタリーを早送りで見たら、という話もされた。編集者はテレビの連続番組を早送りで見るものなのだ、ということが強く印象に残った。

「ムダの会」はその頃、二カ月に一度の割で開かれていたので、私は文字通り鷲尾さんの薫陶を受けた。「現代思想の冒険者たち」や「日本の歴史」といったシリーズを創刊されるのも、間近で見ることができた。同じ会社にいるわけではないから、実務の手ほどきを受けるのではない。しかし、あるスケールをもって本を作り、世に送り出すときの精神のあり方、身構えともいうべきものを教えられた。それで私は二〇〇一年に、トランスビューという人文書の出版社を作った。

鷲尾さんには、さらに『編集とはどのような仕事なのか』という本まで出させていただいた。これは上智大学での講義をもとにした書き下ろしだが、私は全回、モグリで聴講した。編集論の実に味のある講義で、何人もの学生が、大学で聴いた講義でいちばん面白かったとアンケートに書いた。この本は版を重ね、神保町の岩波ブックセンターでは、この八年間平積みのロングセラーである。

実はこのころまで、鷲尾さんが歌人であることは知っていたが、どんな歌を詠まれるのかは知らなかった。『本所両国』で若山牧水賞を受賞されたことさえ、ずっと後まで知らなかった。さすがにこれはまずいと現代短歌文庫の『小高賢集』を買ってきて読み、たちまち惹き込まれた。というか、身につまされる感じが強くした。中でも編集の仕事を詠んだ歌は、ほとんど暗記するまで繰り返し読んだ。いつも陽気で、絶えず周りの人間を鼓舞する人に、こんな歌がある。

ひとの死を発端としてそののちを議題となせり朝の会議は

抗争の人事をめぐる風説は午《ひる》越えゆがみまい戻りくる

外では決して見せない、仕事で踏ん張っているさまが強烈に伝わってくる。

その後、『小高賢作品集』（柊書房）に三十年間の歌がまとめられて、これは今も繰り返し読むだけでなく、勝手にアンソロジーのペーパーを作って、ムダの会で配ったりした。だから二〇〇九年に小高賢著『この一身は努めたり―上田三四二の生と文学―』を出させていただけたことは、本当に嬉しかった。

鷲尾さんにはその後も教えを受け続け、また助けていただいている。『編集とはどのような仕事なのか』を、岩波書店の前社長の大塚信一さんが書評で誉めてくださり、それがご縁で大塚さんに、『理想の出版を求めて』という四十年の回想録を書いていただいた。また未来社で戦後、花田清輝、埴谷雄高、丸山眞男らの本を出され、今も影書房で現役編集者をされている松本昌次さんへの聞き書きも、鷲尾さんの発案で行なわれた。これは雑誌「論座」に連載され、後に『わたしの戦後出版史』としてまとめさせていただいた。この本は、朝日新聞が選ぶ二〇〇〇年代の五十冊の一冊に選ばれた。

鷲尾さんは会社を退かれた後も、いろんな出版社の編集者や新聞記者たちを糾合して、「いける本・いけない本」という書評誌を創刊され、これは半年に一度の刊行で、今は一六号を数える。百年を越える近代出版史の中で、こんなふうに会社の垣根を越えて編集者・記者を集め、書評誌を続けたなどというのは聞いたことがない。こんなことをする人は、たぶん空前絶後だろう。

その鷲尾さんに、いや小高賢さんに、編集という仕事の秘儀ともいうべき瞬間を詠んだ歌がある。

確かめる目次奥付一呼吸おき押しゆける責了の印

責了は、印刷所の責任で校了にすること。ここでの眼目は「一呼吸おき」にある。この短い時間に、編集者はその本へのすべての思いを、ひと押しに封じ込めるのである。

Profile
なかじま　ひろし　1953年生まれ。編集者。トランスビュー代表取締役。

好漢、鷲尾賢也

Essay●神崎　宣武
Noritake Kanzaki

鷲尾賢也（小高賢）さんの声はよく通る。誰もがお認めになる事実だろう。ただ声が大きいだけではない。音質が明るいのである。

あまり遠慮もなさらない。あるシンポジウムの会場の控え室でのことだった。

「ふつう、一分間で原稿用紙一枚半から二枚ぐらいの量は喋るんじゃない。それが、神崎さんは一枚分ぐらいだろ。それで手当が同じじゃ、おかしいんじゃない」

もちろん、親しい仲での冗談である。が、聞きようによっては角もたつ。それが、鷲尾さんにかぎっては、許せるのである。そこに居合わせた誰もが笑顔でうなずいているのである。

ご人徳もあるが、何よりも声質が明るいのだ。およそ、内緒話や悪口話にはむいていない。

「江戸っ子は五月の鯉の吹き流し　口先ばかりはらわたは無し」（江戸川柳）

鷲尾さんは、本所（墨田区）生まれの本所育ち。だからというわけではないが、まさに江戸っ子のその気質を受け継いでいるのである。

鷲尾さんの沈んだ声を聞いた方は、少ないのではないか。葬儀での挨拶が似合わない人、とも思っていた。が、違っていたことを最近になって知った。

兄悦也氏（平成二四年二月二六日に他界）が亡くなった直後のその声は、電話ごしにも無理に冷静を装ったものであることがわかった。大人の対応である。ただ、その一言の語尾がふるえた。

「男同士、兄弟だったからね」

ふだんは、どちらかというと、お兄さんに対して批判的でもあった。

「何かにつけて悦也ちゃんはいい子だ、といわれてきたからね。彼は優等生、僕はいつも次」

二男の悲哀は、わからないでもない。が、私は長男であるから、その身になっての理解はできない。私の弟もそうだったのだろうか、と思ったものだ。

鷲尾さんは、人いちばい情に厚いのである。

鷲尾さんの詠んだ短歌のなかでも、私の好きな一連の作品は、「母」（第六歌集『液状化』に所収）である。

「戦争がまた始まるの」素朴なる母の問いかけ黙すほかなく
支えつつトイレに母をすわらせてパジャマをおろす夜一時すぎ

そこでの鷲尾さんは、素直である。やさしくもある。そこに、鷲尾少年のまなざしをかいまみることができる。ひとり鷲尾さんにかぎったことではない。私も含めて、多くの日本人男性に潜在するマザコン。父親に対しては、たぶんこの種の歌は詠めないであろう。

鷲尾さんの詠む短歌は、大方が穏やかである。喜怒哀楽の表情を強調しない。短歌律、という言葉があるとすれば、それが鷲尾さんの作風になっているのかもしれない。

怒らざることも仕事のひとつにて男の愚痴にうなずいている
論敵の先制痛打　攻めらるる青年と化し黙す間のあり
『長夜集』

そういう大人然とした鷲尾さんも魅力的である。しかし、親しい友人としてみると、それではすまないだろう、と思える。その沈黙は、つかの間の沈黙であり、それからはじまる弁舌の前兆と思えるからである。「なるほどね」、といってからの鷲尾さんの言葉は、的確に核心をつくことが多い。あのよく通る明るい声で論破していくのだ。

私は、鷲尾さんの手をわずらわせて三冊の単行本を上梓した。鷲尾さんは、編集者としても優秀であった。厳しくもあった。

「いまの段階で、読者の目を意識して読者サービスをすることはないんだよ。書きたいことを書く。それが適当かどうかは、第一番目の読者である僕が判断するから」

編集者が著者を育てる、とまではいわなかった。が、鷲尾さんにはそうした気概があった。そのところでは、妥協もしなかった。もっとも、それがため、講談社を早期に退社することになったのかもしれない。

「僕、来月会社を辞めるから」と、いった鷲尾さんの声は、いつものとおり明るいものであった。退職後の第二の人生の設計ができていたのであろう。それからの鷲尾さんの歌壇と文壇での活躍については、ここに記すまでもないこと。見事、というしかない。

「神崎さんは、どうも金銭に疎いなあ。老後に金をもってないと困るよ。まあ、一ヵ月に一回ぐらいはごちそうしてあげるけどさ」

好漢、鷲尾賢也、昭和一九年生まれの甲申《きのえさる》。私も同年の縁をつないでいるのである。

Profile
かんざき　のりたけ　一九四四年生まれ。民俗学者、旅の文化研究所所長。著書に『盛り場のフォークロア』、『江戸の旅文化』、『しきたりの日本文化』など多数。

§ 交友録 §

小高　賢

最大の財産は友人に恵まれているところだと思っている。歌人にも友人は多い。同時に、編集者という仕事柄、多くの著者、出版・新聞というメディアに働く人たちとの付き合いは、ほかでは得難いものがある。

個々の素顔をスケッチしていてはとうていスペースが足りない。そこで、私が長く交遊を続けているグループを紹介してみよう（敬称略）。

・ムダの会

すでに、二十年をこえる付き合いになる。人文・学芸編集者の横のネットワークがきっかけである。硬軟、大小さまざまな出版社、それに新聞社文化部の人間が、なんとはなしに集まり、情報交換を名目によく酒を飲んでいた。役にもたたない会合だということで、「ムダの会」という自嘲的な名称が通り名になった。

ＮＨＫ出版・道川文夫（現在・人文書館）、筑摩書房・井崎正敏（現在・大学講師）、潮出版社・背戸逸夫（現在・「理念と経営」）たちとの付き合いがはじめてである。そこに、トランスビュー・中嶋廣、三省堂・松本裕喜、小学館・上野明雄（現在・児童文学評論家・野上暁）、小林章夫（上智大学教授）、毎日新聞・奥武則（現在・法政大学教授）、共同通信・木村剛久（現在・翻訳家）などが参加し、ワイワイガヤガヤ、侃々諤々。いずれも本好き。だからこそ新聞書評の問題点や、本の真贋、好悪、著者の品定めに、毎晩、話が尽きなかった。そこに、新聞社の文化部記者がなだれ込んできたというのが実状である。彼らが芋づる式に友人、後輩を連れてきて、次第に定例化したのである。出入りもあるし、異動や退職などのさまざまな変遷を経ながら、現在にいたっている。

酒ばかり飲んでいてもいけないと殊勝な心がけで、先輩の名編集者やブックデザイナーなどを招き、勉強会を開いたり（もちろん宴会形式だが）、研修旅行と称し、江戸時代からつづく京都の老舗出版社に版木を見学に行ったり（版木ではなく、焼き物を自慢されて往生した）など、いろいろなことを試みた。

そのうち、アンケート方式を中心にした書評誌を出そうということになってしまった。パソコン上ですべて編集・校了し、あとを印刷に任せる。こういう若手編集者の実行力に、われわれロートルは目を見張るばかりであった。いまや十七号（二〇一二年末）まで刊行している。「いける本・いけない本」のタイトル通り、期待外れ、がっかり、ひどい、つまらない……いろいろなニュアンスはあるが、「いけない本」を評者の責任で実際の書名を挙げ、指摘しているところが、他では真似ができないだろう。自分で購入し、読了したものに、「いい悪い」を読者の権利として公言してもいいのではないか。そういう考えで、多くの出版人にアンケートをお願いしている。

ときおり、「いける本」と「いけない本」の双方に書名が挙ることがある。おそらく、それがいちばん力のある本なのだろう。発行部数は一万部。あっという間になくなるという。現在の「ムダの会」は、上原昌弘（七ッ森書館）、小木田順子（幻冬舎）、依田浩司（東大出版会）、倉田晃宏（晶文社）、高橋伸児（朝日新聞）、田中貴久（文藝春秋）、佐藤美奈子（フリー）らの中堅編集者が中心である。彼らは、私たちの時代のような右肩あがりの状況のなかにはいない。日々、ポス・データによる売り上げ数字に苦しめられている。しかし、愚痴はいっても絶望はしていない。お酒を飲みつつ、彼らから教わることはとても多い。だから、簡単に隠居してはいられないという気持ちになる（もちろん、リストラ、転職、会社のゴタゴタなどの相談事も少なくない。私のような高齢者の仕事であり、役割でもある）。

冗談というか、洒落で始めたところもある小冊子だが（趣味でやっているので、いつ止めてもいいと思っていた）、結構、出版界では評判になっているらしい。そして、数年前から、「いける本大賞」も設立した。私たちが、勝手に、これはいいと思う本に、賞を勝手に授与しようという企画である。年末に授賞式を開く。賞品は、その年の「ボジョレー・ヌーボー」一本。ずいぶん安い賞品だが、受賞者にとても喜んでもらえている。いまや出版界から注目されるような年末イベントになった（ややオーバーかな）。最長老のひとりとして、感慨無量である。

和気藹々のうちに、大学・作家・出版・新聞・書店・流通などの実態を教えてもらう機会でもある。若い出版関係者にも会えるし、なにより頭がやわらかくなる。しかもたのしい。

このメンバーの何人かが、三省堂の書評ブログ「神保町の匠」の執筆者として参加している。ひどいことに、原稿料の二分の一を、強制的にピンハネされる（それを「いける本・いけない本」の費用に充当している。しかも、ほとんどの参加者が残りの二分の一も寄付してくれている）。要するに原稿料はかぎりなくタダに近いのだ。にもかかわらず、意欲的に毎回「いける本」を紹介する熱意には敬服する。小生はその執筆者兼管理人を務めている。

・醸句会

発酵の専門家、あるいは食文化の語り部として、小泉武夫農大名誉教授の名はよく知られているだろう。『酒の話』（講談社現代新書）という一冊を執筆してもらって以来の付き合いである。同世代ということもあって、野球、相撲、歌謡曲など、会えばいつも快談、放談……たのしい一刻を過ごすのが常だった。そのうちに同じようなメンバーと小泉武夫を囲む「おいしく酒を飲む会」になり、それがまたいつの間にか俳句をたしなむ場に変身した（もう足掛け八年になる）。だれも、俳句を齧った経験のなかったという恐ろしい集団である。その顚末は拙著『句会で遊ぼう』（幻冬舎新書）に記したので、詳細は譲るが、二ヵ月に一度、都内の老舗（ウナギ屋、そば屋、寿司屋、天ぷら屋など）に、にわか俳人が参集する。これを「醸句会」（馬鹿なことばかりしゃべっているので、「冗句会」との異名もある）という。

新聞記者（元が大半）、食品業界の人、編集者（元も現役もいる）などなど十数人。中には、千葉の富津からクルマで、また九州別府から飛行機に乗って参加する猛者もいる。それほど魅力的な句会なのだ。

句会では、互いに俳号で呼び合っている（みな立派である）。ちなみに、小泉武夫は醸児、乳井昌史（元読売新聞、現在早稲田大学客員教授）は枝光、秋山洋一（にんべん専務）は南酔、和泉功（IDP代表）は鬼笑、麻生昭子（書家）は翼などなど。ちなみに小生は少賢。ほぼみな同世代。それもあって、毎回爆笑つづき。

歳時記を繰り、席題を選び、即詠。そして選句。さらに披講が続く。私たちの場合、その披講が中心である。このやりとりが中高年の格好のコミュニケーションになっている。

　高点句に対しては、参加者の嫉妬があるから当然きびしい（みな、高点をとりたい！）。それだけではない。逆選方式をとっているので、×印がつけられることがある。すると大変。ここぞとばかりその句に悪口雑言がはじまる。「文学性のかけらもない」「人生、なにを考えてきたのか」「錯覚しているのではないの？」など、互いに、塩、からし、わさび、タバスコを、傷口に塗りこめる。よく喧嘩にならないなと思うほどの壮絶な打ち合いである。しかし、このマゾヒズムの極限のような時間が、参加者の大きなたのしみなのである。慣れて来ると、そういったひどい批評がないと、句会をやった気がしないから不思議である。真面目な歌人には想像ができない場面かもしれない。

　悪口雑言、大言壮語、罵倒・冷笑、歓喜・絶望といった天国へ行ったり、地獄へ落ちたりする三時間余。いつかは必ずトップ賞と期待に胸ふくらませながら、しょんぼり帰るのが多いのだが、歌会とはまったく異なったコミュニケーションの場である。もちろん、おいしいものとお酒がつねに会場に用意されている。大人の至福の時間かもしれない。

・昭和十九年の会

　三十六歳になろうとするとき（一九七九年の晩秋だった）、干支にちなんで大島史洋、及川隆彦など、同年齢の数人で酒を飲んだ。それがきっかけで同年の歌人を糾合しようということになったのが最初である。中年生まれなので「サルの会」ともいわれ、「群れたがる」と歌壇から揶揄されたが、三十年以上もいまだに交友が続いている。関西でも、俳人坪内稔典などを交えた会が発足した（関西サルの会。いまは休止状態のようだ）。

節目に刊行した四冊のアンソロジー（『モンキートレインに乗って』、『猨歌'87』『再びモンキートレインに乗って』『モンキートレインに乗って60』）、さらに、何度かパネルディスカッションを交えたイベントなど、私たちの結束の強さを示している。「昭和十九年の会」が刺激になって、他の年代でもこういったつながりができたと聞いている。

途中、やや停滞したが、草田照子や斎藤佐知子らのガンバリで、勉強・研究会が復活、現在東京では、二ヵ月に一度、定期的に開いている。仲間の歌集批評会と、近現代の歌集研究である。関西在住の中野昭子などは、毎回のように覗きに来る。その熱心さには頭が下がる。また、新潟から長谷川富市、茨城からは小泉桄代、山形から冨樫榮太郎、栃木から佐藤孝子なども、参集する。そのほか、小木宏、青木春枝、沢木奈津子、玉城洋子……。亡くなった板坂彰子、伊東悦子らを思い出すこともある。

一九四四年に生を享けた私たちは、いわば戦中世代？である。父親が召集されたものも多い。直接は知らなくても、戦争や戦後の貧しさは身体のどこかに沁み込んでいる。若い世代とは、そこが違うと感じている。同時に戦後民主主義も体験的に知っている。小・中学校での男女平等思想は徹底していた。だからであろうか、女性陣から男性はよく厳しく批評される（私の第一歌集『耳の伝説』の仲間内の批評会などの記憶はいまだに鮮明だ。斎藤、古谷智子などの女性陣からはぼろくそに言われ、十年早いと酷評された。そういう間柄である）。まあ、すこぶる仲がいいのである。

出入りがあるので、正確な総会員数はよく分からない。茨城から沖縄まで、いろいろなところにいる。いま勉強会の責任者になっている松谷東一郎（草田、斎藤、小柳素子、丹波真人、鶴岡美代子、井口世津子などが交代でつとめた）はその掌握に苦労するほどである。また、会費の余剰金を利用して、ときたま、旅行に出かける。箱根、山形、浜名湖などが最近である。前回は犬山一泊遊覧を楽しんだ（二十人ほど参加した）。私たちの真面目なところは、旅行先でもかならず歌会をやることだ。

一方で、歌会後のカラオケで、舟木一夫「高校三年生」が歌われるところにも、「昭和十九年の会」らしいところがあるだろう。それぞれ結社も、環境もちがう。短歌に対する考え、評価の基準もかなり異なっている。逆に、その相違があるからこそ、続いているのかもしれない。激論もあるし、教えてもらえることも少なくない。

自分でも信じられないのだが、二〇一六年に私たちは七十二歳になる。社会でいえば、すでに十分高齢者である。年金受給者がほとんど。結社でも、いわば指導的立場になることも多いだろう。しかし、どこか私たちは子どもっぽい。えらそうにできないところがある。権威的な態度の若い歌人を見ると、寒気がする。バカバカしくみえる。それも、先にいった戦後教育のおかげだろう。

ともあれ、次の干支の時は、五度目のアンソロジーを出そうと話している。それだけでなく、何かおもしろいことを企てたいものである。

そのほかにも、いろいろなレベルで会合がよくある。別な歌人との勉強会もある。元編集者同士の飲み会も、地域での会合もある。短歌とまったく関係のない研究会も二、三ある。大学のゼミ仲間との純粋飲み会もある。こうやって、多種多様な付き合いがあるのは、忙しいかもしれないがありがたいことだ。刺激になり、勉強になり、活力になる。

人間であること、役割を果たすこと

——小高賢の短歌——

坂井修一

ゆっくりと菊人形の義経の顔を伝わる一筋の雨　『耳の伝説』

東京の雨たっぷりと注がれて蟇《ひき》三匹の路地の横断　『液状化』

小高賢さんにこういう雨の歌がある。

どちらにも人間は登場しない。主人公は菊人形と蟇である。でも、両方ともとても人間臭くておもしろい。

一首目。日本史を代表する悲劇のヒーロー源義経。菊人形となったその顔を伝わる雨粒は、どうしたって〝涙〟を連想させる。源平合戦でいちばんの手柄をたてながら、兄である頼朝にうとまれ、頼みの奥州藤原氏にも裏切られ、平泉で最期をとげる義経。

悲劇のヒーローといっても、現代のわれわれが義経を見る目は、人さまざまだろう。判官びいきの伝統そのままに義経に同情する人。「歴史ってそんなもの」とクールに割りきる人。「戦争上手の政治下手」と批判する人。いろいろ見かたはあるだろうが、どの角度から見ても、義経はあわれで悲しい。

二首目。ガマガエルは醜くぶてぶてしいものだが、よく見ると、どこかユーモラスで愛らしくもある。

そのガマガエル君。大きな図体が三匹もそろって、都会の路地を渡っている。その姿は、「ひどい時代だけど、なんとか生きのびさせておくれ」と必死のようでもあり、「ふん、どうにでもしてくれ」と開きなおっているようでもある。

この歌、上句のゆったりとした調子から、下句の漢語のつづまった物言いへの展開がおもしろく、オヤ、と読者をひきつける。ガマガエルを歌いながら、どこか古いタイプの人間を思っているようでもある。

小高賢さんは、人間が好きである。本人はいたって聡明で、変化の激しい時代をみごとに生き抜きながら、源義経のような人間にも、ガマガエルのような人間にも、理解と同情を示すことを忘れない。

いっぽうで小高さんは、個々の人間の「役割」「立ち位置」にこだわる人でもある。家庭、社会、歴史。そういうものの中で、人がどういう場所にいて、何をやっているのか、やるべきなのか、という意識を強くもっている。

このことは、とくに「父」を歌った歌に、よくあらわれているだろう。

父というボタンはめれば烏なく祖先の墓もいずれわが墓　『耳の伝説』

鷗外の口ひげにみる不機嫌な明治の家長はわれらにとおき　『家長』

後背《うしろで》を追う生き方に娘と父の闇はふかけれアンナ・フロイト　『太郎坂』

父われの感傷を娘は笑うらん街頭テレビのシャープ兄弟　『怪鳥の尾』

ふれあいのぬくもりに似た夜の風さからうことも父なる役目　『本所両国』

墓石を洗えば父の戒名がおずおずとして世にあらわるる　『液状化』

父としてできることなどこれくらいグラスに麦酒満たし太郎に　『眼中のひと』

父の背をシャボン泡立てあらう子の小さな一所懸命の尻　『長夜集』

どの歌集にも、父の歌がある。小高さんにとって、父を見つめ、父である自分を見つめることは、自分の存在様式を定めることのようだ。

「父」とは、ほんらい、生物学的に定義されるもの。時代を超越したものであるには違いない。しかし、その実態は、時代によって大きく変化する。特に小高さんの生きてきた昭和から平成にかけて、「父」というものの変化は著しかった。

「父というボタン」「家長」「父なる役目」。はたして今の社会で、そんなものがあるのだろうか。これらの言葉は、人によっては、封建社会か、せいぜい明治時代の遺物のように思われるのではないか。そんな疑問が湧くかもしれない。

父と子。私にも、そこに生物としての偶然のアヤ以上のものを求める気持ちはない。お墓などあってもなくても良いし、祖先と同じ墓に入る必要などもとより感じない。子の生き方について相談には乗るが、干渉するつもりはまったくない。父や子と酒を酌み交わすことはあっても、それは同窓会や忘年会の場でそうするのとたいして変わらない。

父は父。子は子。自分は自分。一時的に生活空間を共有することはあっても、共通の価値観をもつなどはしょせん無理なこと。親も子も、はじめからそういうものとして、淡々とつきあえば良いではないか。

そう。「父」など、伝統が仮構した制度にすぎない。ところが、小高賢さんは、まさにこの虚構の「父」に、大きなこだわりを示す。こだわりを発条として歌を作っているようにすら見える。

おそらくここには、「人間はかくあるべき」という強い信念や願いがあるのだろう。そこから、家庭や社会のありようについて、この人らしい思いが広がっていくのだろう。

こういう歌を読んでいると、小高さんは意志のしっかりした強い人だなあ、と思う。いささかガンコだなあとも思う。自分の親だったら、たいへんだったろうなあ、とも感じる。気骨のある強い人でも、身近にいるとやっかいな相手になりがちだ。

こんなふうにあれこれ思っても、小高さんのこれらの歌は、やっぱりいい。森鷗外一家。フロイト親子。シャープ兄弟。歴史にあらわれた家族の姿に、大人の思索や感傷がこもっている。これは、純粋で嘘のない思いだ。

小高さんとは、対極の立場に立つことが多い私なのに、なぜこういう歌に共感するのだろう。うーむ。

*

読むものはコミックばかり若者は触るること
なし漱石などは　『怪鳥の尾』

社に殖ゆるウイルスのあり傷負いし履歴もた
ざる偏差値坊や　『液状化』

近代の懊悩はなくキャンパスはみょうに平た
くみょうに明るい　『眼中のひと』

こちらは今の若者を歌った歌。最初のは入社試験の場面。小高さんは雇う側の人間だが、冷静に人を評価するというよりは、熱くなって若者を叱っているふうである。これが私の知る小高さんのいいところであり、ちょっと困ったところでもある。

私も経験があるが、小説を全然読まない人とは、コミュニケーションがとりづらい。夏目漱石など、コミックよりずっとおもしろいし、残るものも大きいと思うのだが、今の若い人は、ほとんどが読んでいない。

あるいは、「傷負いし履歴もたざる」秀才社員たちに、小高さんは辟易する思いをもっているようである。「試験はできても、本気でものを考えて、実践したことのないヤツら」と思っているのだろう。彼らを「ウイルス」と言ってはばからないところがすごい。

三首目も類想の歌で、「近代の懊悩」を引き継いだ自分と、なくした今の大学との対立がここにある。「みょうに平たくみょうに明るい」と、わざと口語で崩した言いかたをして、怒りや悲しみを隠したところに、呆れかえった顔をする作者が見えるようだ。

小高さんは、時代を代表する出版人の一人であった。講談社「現代新書」の編集長（高校時代から現代新書の何冊かは私の愛読書だった）。「選書メチエ」を創刊した人。

一〇年ほど前、私の大学で、小高さんに一度講義をお願いしたことがあった。編集者の仕事について、説明していただいたのである。「偏差値坊や」たちが居並ぶ教室で、小高さんは熱弁をふるった。本を企画し、著者の家に日参して相手の人となりを知り、世の中に訴えかける著作を残す。そのプロセスに、いかに信念と人間力が必要であるか。そうしたお話を、ドグマチックにならずに、独特の庶民性をもって語る。小高さんらしい楽しくも迫力ある授業だった。

後で学生に感想を書かせたところ、皆、小高さんの人柄に好感をもったようだった。いっぽうで、「ついていけない」「ネット社会にそぐわない」というのも多くみられた。「たしかにいい仕事だが、今の世の中、一冊の本にあそこまで手間をかけられないだろう」「お話に出てきたイシカワタクボクって誰？」「メールで相談してネットにアップロードするのとどこが違うのか？」等々。

　ある程度予想していたが、私にもショックなことだった。時間をかけて本を作るのは、二十一世紀の今日では、むだが多く実利のとぼしい作業と見えるらしい。本を利用する立場でも、調べものならＷＷＷを検索するのが手っ取りばやい。哲学や文学など、人生にはじゃまなだけ。うーむ。このままでは、「未来世紀ブラジル」の世界になってしまうぞ。


　たえまなく文明はいま地表より土を剝ぎとり鉄骨を埋む　『家長』

　気がつけば家より消えしゆたかなる余白としての廊下縁側　『太郎坂』

　わたくしが、ただ私が大事です社会主義なる明かり消えれば　『眼中のひと』

世の中では、ゼネコンが鉄筋のビルを建て、家はビルの一室となって、廊下や縁側がなくなっていく。国家ばかりでなく思想としての社会主義が消え去って、社会には、個人のエゴだけが残ってしまった。

　かくして今は、金融資本主義とグローバリゼーションの時代である。世界中がお金儲けに狂奔し、インターネット上で莫大な知識がためられ、検索されるが、人格・教養のたぐいはおきざりにされようとしているようだ。

　街には定職を持てない若者があふれ、彼らは教養や人格を云々するどころではない生活を送っている。この世界を、どうしていけば良いのだろうか。若者ばかりを責められない構造的な問題もある。

　小高さんは、そういう時代の流れを、自分一人の力では変えられないものと知りながら、無抵抗で従おうとはしない。歴史の必然は必然として理解しながら、出版人として、歌人として、憤り、批判し、抵抗しようとする。

　それはどういうことか。

　たとえば、「選書メチエ」の最初の本として、今村仁司さんの『近代性の構造』が出されたのには、小高さんのある思いがこめられているのではないか。近代が構造的にもつ問題を論じ、これを超克することを試みる。そういう本だ。

　今村仁司さんといえば、彼には、『批判への意志』という著作がある。いっぽう、小高賢さんの第一評論集は、『批評への意志』であった。

小高さんのタイトルは、今村さんの本と関係あるのだろうか。それとも別の人の言葉によるのだろうか。まるきり間違っているのかもしれないが、こうした連想を楽しませてくれるところに、知識人としての小高賢の面目があるようにも思える。

＊

歌人としての小高賢さんを語る上で欠かせないのが、ユーモアの歌だろう。さっきの蟇の歌などもそうだった。

わが家の持統天皇　旅を終え帰りてみればすでに寝ねたり　『太郎坂』

犬の世にも勤皇佐幕洋犬に親の仇のようにわが犬　『本所両国』

生きるとは死までの持続　電線のカラスも知っているように鳴く　『眼中のひと』

鰐顔や川獺顔の並む席に見事わりこむ河馬の一頭　『長夜集』

ユーモアも明るいものから暗いもの、皮肉、批判、ブラックなものまでさまざまである。これらは、小高さんの人間の振幅をあらわすものだ。特に退職してからユーモアの幅がぐんと広がっており、読者としては楽しくも頼もしくも感じるところである。

月光に晒され歩むわが身体《からだ》楷書に生きて草書に死なん　『液状化』

さりげなくわが背《せな》を押しこそばゆし夢のもつれのような春風　『眼中のひと』

微笑みという懲役に仏壇の父はまだまだ堪えねばならぬ　『長夜集』

小高さんの歌で最も良質なのは、こうしたものではないか。ここには、筋を通そうとする強い意志があるが、これを柔らかな感情・感覚が包みこんでいる。巧まぬユーモアがあり、ユーモアの中に自省や批判がこめられる。

歌人であり続けることも「懲役」のようなもの。小高賢さんが、この懲役を目一杯楽しんでくださることを心から念じている。

Profile
さかい　しゅういち　1958年生まれ。歌人・東京大学教授。「かりん」編集委員。歌集『望楼の春』他。評論集『世界と同じ色の憂愁』他。迢空賞、若山牧水賞。

小高　賢

2012年12月5日　於：新世界菜館

人間交際論

小高　伊藤さんはいつも何時ぐらいに起きるの？

伊藤　僕が聞かれるの（笑）。だいたい七時過ぎぐらいかな。寝るのは一時ぐらい。

小高　結構遅いのですね。僕はこのごろ早くなって、十一時半から十二時の間ぐらいに、もう床に着く。

伊藤　寝付きはいいの？

小高　昔に比べてよくなった。

伊藤　勤めているころは、あまり寝付きがよくなかった。

小高　勤めていたころは、帰ってきてから短歌の仕事をしていたでしょう。やっぱり興奮するのでしょうね。一時とか、二時になっても、なかなか寝つかれなかった。それプラス人事異動だとか、団交だとか、企画がどうしただとか、そういうふうに「会社」を家に持って帰るからね。

伊藤　いろいろ課題を家に持って帰って考えている。

小高　歌と両方あるから、悪くても仕方ない。ここのところは、それがない。だからいいのでしょうね。ただ、この頃、昔の夢

伊藤一彦

意地と覚悟をもって

をよく見る。

伊藤　仕事の。

小高　職場の人が出てくる。

伊藤　えっ、どういう夢なんです？

小高　つまり、誰かと議論していたり、編集会議をやっていたりする。死んだ友人もよく出てくる。

　同僚で亡くなった人も多い。また、二、三歳上の仲よかった人が死んでいるので、そういう人が急に出てくるとびっくりする。

伊藤　それは、日ごろから忘れられない人？　それとも、日ごろ忘れているけれども、ひょっと夢に出てくる。

小高　両方ですね。「恨みがましい」ということになるけれども、いろいろ諍いもあるじゃないですか。

伊藤　ああ、それは仕事ならね。

小高　仲もよかったけれども諍いもあって。役員会で大激論になって、辞めるきっかけになったこともある。そういう人間が出てくると、やはり翌日に、考えてしまうわけ。結構ここのところ多いですね。

伊藤　生々しく自分の中に残っているわけだね。

小高　お互いに傷ついていたのですね、たぶん。出版社は狭い世界で、せいぜい千人ぐらいの社会ですから。僕が辞めてから、その人は一年後にがんで亡くなった。寝覚めがすごく悪いのですよ。よく遊んで、飲んで。家族同士の付き合いもあったから。そういう人が夢に出てくると、そろそろ人生のたそがれ時を感じる（笑）。自分で気になっています。伊藤さん、そういうことはない？

伊藤　いや、僕はあまりないな。

小高　仕事柄なのかな。

伊藤　出版社というのは、そういう意味では、出版についての考えとか、いろいろなことについて相当。

小高　ある、軋轢が。

伊藤　シリアスな議論を。

小高　当時は全然傷になっていない、と思っていた。そんなものは過ぎてしまえば気にならなくなると。しかし、今になって浮上する。おそらく先方も傷になっていたのだろうなと思う。一度も和解しないまま、先に死なれてしまうと、気になりますね。言ってもどうしようもないのですけどね。

伊藤　向こうが元気であれば憎しみを持ち続けたり、もういっぺん会おうかなと思うけど、死なれてしまうと目覚めが悪い感じだよね、本当にね。

小高　僕自身は、あくまでも向こうが悪いと思っている。しかし、こっちは生きているからね。兄の問題もそうなのですよ。伊藤さん、もう七十歳になった？

伊藤　まだ。来年七十歳。

小高　そういう時期なのかなと思ったりもするのですが。どうですか、そういうの。

伊藤　それはね小高さん、会社のその出版の仕事に本当に命がけでやってきたわけですよ。

小高　まあ好きだったのですよ、やっぱり。

伊藤　どんなに好きだったというのは、『編集とはどのような仕事なのか』によく出ているよね。

　単なる編集のハウツー本ではないわけじゃない。編集、出版のことはもちろん書いてあるんだけど、「人間交際論」とあるじゃないですか。こういうところは、編集とはどのような仕事なのかという本ではないと思うよ。もう、これは人間論だよね。

小高　編集の話になると、短歌より冗舌になりますね。編集は、要するに誰にでもできて、誰でもできない仕事なのです。自分が書くわけではないから、才能のある人が書いてくれれば、何もしないでも済むのだけれど。

伊藤　いい人を見つけてくるために、どれだけの努力をしなくちゃならないか。

小高　そう。それは、人間関係をどうつくるかにかかってくる。よく後輩に言うのですが、書く人というのは、だいたい変わった人が多く……（笑）。

伊藤　いいものは書くけれども、人間としてはちょっと。

小高　どっちかというとね。逆に言うと、うまくいくとものすごくいい関係になる。

　たとえ太宰治がつまらない人間であろうと、変った人であろうと、付き合った編集者はいるわけじゃない。そうすると、この変人にどうやって仕事をしてもらおうかと思うと、勝負みたいになる。

　男の場合には奥さんがいるわけです。こんなおかしな人に、どうしてこんないい奥さんがいるのだろうと思うこともある（笑）。そうすると、奥さんとも良好な関係になることも大事になる。付き合い方の

付き合い方の原初的なところが編集者には必要（小高）

原初的なところが編集者にはどうしても必要になる。それが面白いといえば、とても面白い。ただ、歌人は、そういうものとまた違いますから

伊藤　どういうところが？

小高　そういうスケールはない。伊藤さんみたいな人は珍しくて、基本的に付き合いにくくないですか。

伊藤　付き合いにくいというのは、どういうところが付き合いにくい？

小高　つまり、フランクに話せないところがある。一つは、細かいところで競争している。読者がいないせいかもしれない（作る人＝読む人）。出版とか、編集というのは、売れるとか、売れないとかいう読者の判断が生まれる。少なくとも公共性がある。ところが、歌人は私的な序列などの微妙なものをすごく気にしている側面がありませんか。作家は、どんなに売れなくても、俺のものが一番だというほこりのある人がいる。歌人は、そこまではなかなかいかない。

伊藤　ものすごく他人の評価を気にする人が多いよね。

小高　付き合いにくさの背景かもしれない。自分もそうなっているのでしょう。多分に。

伊藤　そうかね。

小高　自分のスケールが小さくなっている。

伊藤　そうは見えないけどな、小高さん。

小高　いや。自覚的ですよ。

伊藤　僕は、宮崎にいて離れているから、そんなに歌人たちと付き合っているわけじゃないから。

小高　話を戻せば、編集というのは、そういう付き合いの原則さえもっていればそれ以外のことは、それほどないのです。面白いとか、面白くない、いいものか、いいものでないかは、何回かやっているうちに、だんだん判断できるようになる。

伊藤　やっぱり付き合いができる人で、こっちもそれだけのものを、作家と相対する何かを持っていないといけないわけだから。

小高　こんなことを言うと笑うけど、編集者にも変わった人は多い。例えば、亡くなったのですが、講談社にT君という編集者がいました。文芸編集者でした。もうじつにだらしない酒飲みだったそうです。著者と一緒に海外に取材旅行などに行くじゃないですか。どんどんお酒を飲み、ひどく酔っ払って、飛行機の中でおもらしなどをしてしまうわけですよ。普通でいえば、とんでもない人間ですよね。ところが多くの作家にかわいがられる。結構いい作品をとってくる。

　そういう特技？で著者に大事にされる編集も「あり」なんですよ、編集者は。だから、能力の有無の問題ではない。あまり能力がありすぎると、嫌われるということもある。

伊藤　作家は場合によっては、自分が書い

てやると思っているから、編集者が自分より偉いと思えると、ちょっと困るんだ。

小高　警戒心もあるでしょう。だから、Ｔ君みたいな人がいい場合もあるのですよね。

伊藤　でもその人はやっぱりその作家なりに書いてほしいものがあるわけでしょう。

小高　そう、そう。一生懸命なの。

伊藤　それが一番いい編集者魂を持っているのね。もう、ぜひこの人に書いてほしいというね。

小高　それから、編集者論でいうと、いちばん大事なものは親切心。自分が担当した著者に対して親切にする。内容については勿論ですが、それ以外でも、その人について書いたものを読んだら、切り抜きを送る、お金がなかったら、心配をしてやるとか、病気だったら、お医者さんを紹介してやるとか、そういう親切心がいちばんですね。親切にすれば、向こうも親切にしてくれるのですよ。ギブ・アンド・テークでもある。だから、誰でもできて、誰でもできない仕事なのです。それを商売にしているのが編集者。学歴も関係なければ、性格も関係ない。ただ、いい編集者と悪い編集者だけが生まれる。だから編集論は面白いのですよ。

伊藤　本当にこの本を読んでも面白いよね。もし、小高さんが実名を挙げて、そういう自分が親切にして書いてもらった本で、特に何か。

小高　随分ありますけど。

伊藤　何か一つか、二つ例に挙げてくれると。思い付くものがあれば。

小高　この本に出てくるので言うと、例えば、網野善彦さんみたいな人。

伊藤　ああ、網野さんの話はここに出てくるよね。ちょうどあなたが書かせたわけでしょう。

小高　そう、『日本の歴史』の第００巻。網野さんは、講談社とはまったくご縁がなかった著者でした。僕は入社以来ずっと、いつかは『日本の歴史』という大型企画をやりたいと思っていました。自分の地位も上がって、企画が通る段階になった。その中心に網野さんを据えたかった。網野善彦さんを何とか説き伏せなければいけない。すぐに行っても何もやってくれない。実は大分前から付き合ってきたわけですよ。年一回ぐらいはお酒を飲んで、少しずつ少しずつ接触して、そのうちタイミングをはかって思い切って、お願いする。実際に始まるまで、おそらく十年ぐらいかかっているのではないかな。

　それが結果的には、網野さんの最後のお仕事になった。しかし、事件もありました。原稿が九割方できたときに、ご本人に肺ガンが発見されてしまった。確か、残りあと五十枚と言っていました。

　そのとき、網野さんに「先生、最後のところ、口述でいいですから話しておいてください」とお願いしましたよ。「編集者はすごいですね。もしかしたら、書けなくなると思っているからでしょう」と言ってあきれられました。確かにひどいお願いですね。もしかしたら、中絶するかも分からない。網野さんによって、シリーズがスタートするわけだから、いなくてはどうしようもない。しかし、肺がん！非人間的ですよ、編集者は。

伊藤　あれは目玉だったんだね。

小高　ともかく五十枚分ぐらい話してくれと。「それでは話します」と、話してくれて。実際は手術をなさって、退院後、結局書いてくださったのですけど。網野さんがつくづく「編集者はあこぎですね」と言っておられました。亡くなったら困ると、こっちが思うことを感じるのですね。
　網野さんの本はとても売れました。もっと売れそうなときに、例の旧石器捏造事件（「神の手事件」）が起きてしまったのです。あれでかなり冷えてしまった。でもシリーズ全体では、各巻平均で五、六万部売れているので、成功は成功なのですけど。事件のあと、新聞社などから、責任をとれ、絶版回収にしろとか、たくさん責められました。それの矢面に立たされたので、苦労しました。

伊藤　それは、あまり詳しく書いてない。

小高　きびしかった。

伊藤　ちらっとは書いてあるけどね。

論争好き

小高　朝日新聞の「天声人語」だけでなく、毎日新聞の「余録」とも論争しました。こちらも悔しいから、新聞の縮刷版を繰って調べる。すると、彼を「神の手」に仕立てているのは実は全部新聞社なのですよ。朝日新聞も毎日新聞も、ずっと持ち上げて書いている。新聞社も過去の記事をどうするのですか。もちろん講談社も責任はある。しかし、自分たちの責任も問うてくださいと。それから、絶版にしろといいながら、朝日新聞も毎日新聞も同じような本をいっぱい発売しているわけ。それを新聞記者は全然知らない。

伊藤　だって、あれはもう通説でみんなやっていたわけだから。

小高　教科書だってそうだった。うちだけ責められる理由はない。うちは絶版回収するから、おたくもしなければ駄目ですよと言うと、どこか筆が鈍ってゆく。最後は、PR誌で公開の討論をやりましょう、とまで提案しました。すると、逃げ始めてしまった。そういうことも経験しました。それはもう大変な事件でしたが、しかし逆に、そういうときは元気になる。

伊藤　これが小高賢流。

小高　どうせなら面白くやってやろうじゃないと思いました。だからもう、一手にその関係は引き受けました。反論をつくったり、回収しなければならないので、書店にお詫びにいったり、事後処理に走り回りました。若い編集部員は実務で忙しいでしょうから、そういうものは、責任者である自分の役割だと思っていましたから。それの始末が全部ついて、全巻完結後、改訂版も出した。すべて解決がついたので、辞める気になりました。責任をとって辞めることにしたのです。

伊藤　いまから振り返ると。

小高　つらかったのですが、面白かったと思いますね。編集者としては、週刊誌から始まって、あらゆる書籍はだいたいやりましたから。

伊藤　そうだよね、週刊誌をやって、新書をやって、学術書をやって、学術局へ行って。

小高　「メチエ」を創刊して、『日本の歴史』をやって、『現代思想の冒険者たち』もやって、それから、医学書をやって、健康書をやったから。

伊藤　健康書もやったの。

小高　辞典もつくったし。だから、あまり思い残すこともないですね。安岡章太郎さんとか、何人かお付き合いがいまでもありますが、文藝だけはやっていないです。それ以外はほとんどやりました。辞めるとき、出版社を始めるのかとか、いろいろと言われたけどね、その気はなかったです。

伊藤　でも、その相手とけんかをすると元気が出るというのは。

小高　論争すると張り切るのですね。この前の大辻隆弘さんや、吉川宏志さんのときもそうだし、その前はオウム事件のときも、小笠原賢二さんとやり合いました。それから、吉川さんと「国歌・国旗問題」でも論争した。「売られた喧嘩」はわりと買う……。

伊藤　それはどこからきているんだろう。

小高　どこからなのだろう。

伊藤　小さいときから？

小高　小さいときは、とても気の弱い、すぐ泣いてしまうような少年でしたから。

伊藤　じゃあ、どこで変わったんだろう。

小高　編集者になってからじゃないかな。訴訟やクレームも受けているしね。だんだん意地っ張りになりますよね。伊藤さんは意地っ張りじゃないでしょう。

伊藤　意地っ張りじゃないな。

小高　偉いよね。

伊藤　負けるが勝ちみたいなところがあるよね。

小高　割と意地っ張りなのですよね。

伊藤　小高さんは自信があるから。

小高　そういう問題じゃないと思うな。

伊藤　これは絶対に正しいんだとか、相手の言うことがおかしいとか。

小高　けんかには両方理由があるわけじゃない。

伊藤　そうね、論争とかね。

小高　どっちかが一方的に有利ということはないでしょう。どうやって相手を負かそうかと思うと、ゲームみたいなものに思うから、面白いのかな。

伊藤　そういう精神はどこから。講談社に入って？

小高　だんだん底意地が悪くなったからではないのかな。

伊藤　底力が出る。底意地じゃなくて、底力。

小高　伊藤さんのように、黙っていた方がいいと思う。

伊藤　僕なんかあまり面倒なことに巻き込まれたくないし、まあいいやという感じ。

小高　つい言いたくなっちゃう。

伊藤　東京の下町の人間はそういう。

小高　そうかもしれませんね。下町といえば、分かりいいけど。下町でも、そういう人じゃない人もいるし、分からないよね。でも、おかしいと思うと、一言言いたくなる。

伊藤　その江戸っ子の意識というのはどうですか。あなたはもう祖父の代から、祖父、祖母、両親とも東京。そういう何か江戸っ子というか、東京っ子という精神というのは。

小高　あるような、ないような、分からないなあ。やっぱり貧しかったからじゃないですか。

伊藤　いや、僕らもそうですよ。

小高　でも宮崎はまだ食べものに困ることはないでしょう。

伊藤　そう。

疎開と高度経済成長

小高　僕は疎開していて、小学校へ上がる一年前だか、二年前に東京に戻ってきた。

伊藤　どこに疎開していたんですか。

小高　身延温泉の近くの寒村で、おやじも、おふくろも東京だし、おじいさん、おばあさんも東京で。

伊藤　そうしたら、どういう縁でそこに疎開を。

小高　わが家は、戦前、結構お金持ちだったらしい。うちのいまの家の周り、家作があって、そこに住んでいた人の縁で山梨に疎開したと聞いています。おやじは、戦争に行っていない。徴用だから東京にいる。祖父は死んでいて、祖母が中気。昭和十九年に祖母と生まれたばかりの僕を連れて、母が秋にそこへ疎開したのです。兄がその翌年四月に国民学校一年に入学。疎開先は寒いところなので米もできない。僕は弱くて、しょっちゅう病気をして、母は着物を売ってはブドウ糖を打ったりする。ブドウ糖がうまく入らないで切開する。僕は小さいころの傷痕がいっぱいあるのです。

　亡くなる前に、母親を疎開先に連れて行ったときに、「この川でおまえのおむつを洗った」とか、「悦也（兄）がいじめられて、包丁を持って殺してやると出ていった」とか、そういう話をして、「こんなところに来たくない」と言いだし始めました。「嫌な思い出しかないの」と言っていました。僕はそれを全然知らないわけですよね。

伊藤　そうだよね。だって、まだ。

小高　生まれてすぐですからね。そこに三、四歳ぐらいまでいたのではないかな。あまりにも「ずうずう弁」がひどくなるので東京へ出て来て。だから僕は幼稚園に行っていないのです。

伊藤　その記憶はありますか、甲州の。

小高　幾つかありますよ。

伊藤　例えば？このシリーズは、いつも一番古い記憶を聞いているんですよね。

小高　自転車屋に間借りしていた。縁側に干し柿が干してあった。皮も干してあって甘い。せめて皮を食べたいわけ。けれども中身はもちろん、皮も食べさせてもらえない。それほど甘みに飢えていた。それから、自転車のチェーンに手を挟まれたとか、そういう記憶はありますね。

伊藤　それは、二つか、三つぐらいになる。

小高　三つぐらいでしょうね。遊んでいて。

伊藤　じゃあ昭和二十二年ぐらいか。

小高　その自転車屋のおじさんが空気銃で撃ったスズメだか、何か鳥を。

伊藤　あのころは、空気銃でスズメを撃ったりしたんだよね。

小高　うん、そう。火鉢の上で焼いて、毛が付いたまま食べようとしたとか。そういう断片的なことを覚えていますね。東京へ来ると野球ばかりやっていた。

伊藤　うん、スポーツは得意なんだ。

小高　あまりうまくはないのだろうけど。体が大きかったから、ピッチャーをやっていた。

伊藤　馬場あき子さんが最初会ったとき、スポーツ系の青年だとか。

小高　大分、脚色があると思いますけどね。

伊藤　われわれのころは三角ベース時代。

小高　そう、そう。

伊藤　やっぱり。

小高　全部三角ベースですよ。

伊藤　ろくなボールもなくて。

小高　そう、そう。グローブだってなくて。

伊藤　そう、手だよね。ハンドで受けていたわけだから。

小高　最初のグローブというのは、カバヤキャラメルでもらったものだから。

伊藤　えっ。何か食べて？

小高　カバヤの景品があって、食べて、応募して、グローブをもらった。

伊藤 あのころのカバヤの景品というのはね、すごい人気だった。

小高 東京には紅梅キャラメルというものがあって、両方なのですよ。前に、坪内稔典さんがカバヤ文庫の話を一冊にしました。

伊藤 カバヤの本書いて。

小高 僕が紅梅の話をしたら、「いや、関西では知らない」って言っていた。紅梅キャラメルはつぶれてしまったのです。紅梅の話を書きなよ、と彼にすすめられました。学校では、勉強らしい勉強はしていない。本当に、貧しかったから。焼け跡も残っていて。

伊藤 焼け跡はよく覚えている？

小高 よく覚えています。焼け跡でタイルのかけらを拾ったり、映画館の焼け跡が近くにあって、その上と下で、竹の吹き矢みたいなもので撃ちあう。

伊藤 結構元気で活発な子どもだった。

小高 うん、そう。だって、家にいてもやることないですから。勉強机があるわけじゃないし。

伊藤 家もね、あのころはみんな大した家に住んでいなかったもん。

小高 そう、バラックでしょう。

伊藤 外でいろいろな子どもたちが集まって遊ぶんだよね。知らない子どもたちともね。

小高 もうまったく知らない子どもと遊んでいて、三角ベースでしょう。ボール一個で遊べるわけだから。昼御飯は、ざるにびしょびしょの甘くないイモが載っているだけ。やかんで水を飲んで、それが昼御飯でしょう。白い米は、あまり食べた記憶がない。すき焼きといっても、肉が三、四片浮いているだけで。

伊藤 争って食べて。

小高 そういう記憶は、しゃべっていることもあり、印象が濃くなるのですが、実際に貧しかったですね。おやじは戦争ぼけもしているから、家作はほとんど取られてしまう。「いまの狭いところしか、わが家は残らなかった」と、おふくろがよく言っていましたよ。「このあたりは全部うちだったのだ」と。昔は、家を持っている人の権利が強くて、土地の権利が低かった。

伊藤 そうね。

小高 戦後すぐに、おやじがあそこに縄でも張って、掘っ立て小屋を建てれば、全部自分のものになったのに、それをしなかったから全部取られたといって、ずっと愚痴っていました。でも、おふくろもわりとお嬢さん育ちで呑気でしたからね。

伊藤 ああ、そう。

小高 記憶はないのですけれど、兄は「高校も行かせられない」とまで言われたそうです。高度成長が僕らにも及び、高校に行くのは当たり前だと思ったけど、兄たちは高校に行くのすら難しかった。兄貴、大学は国立です。国立でないと通わせられないわけ。僕は私立でしょう。妹は、高校から私立なのね。日本の戦後史と、六年ずつ違うわが家の兄弟は密接に関係している。

伊藤　そうか、六つずつ違うわけだね。

小高　時々思い出すのは、僕より四つ下の連続射殺犯の永山則夫です。彼は集団就職組で、フルーツパーラーの西村に勤めた。渋谷にありましたから、遭遇しているかも分からない。高度成長が彼の育ったところにはまだ及んでいなかった。やっぱり運命を感じます。永山則夫を読むと、運、不運があることを実感します。

伊藤　そう。何か一生懸命働くつもりでいるんだけど、次々とね。

小高　駄目になってしまう。

伊藤　駄目になってしまってね。

小高　出版でも同じで、やめてから十年近くなるのですけど。

伊藤　もう十年近くになるの。

小高　来年で十年目だから。しかし、いま出版はどんどん悪くなっているわけ。ひどいのよ。後輩が来るたびに、とんでもない話を聞く。

伊藤　悪くなっているというのは、本の売れ行きが悪いだけじゃなくて。

小高　本の売れ行きが悪いのがいちばんなのですが、給与も下がる、年金も下げる。雰囲気も悪くなる。いい時に辞めて、ずるいとまで言われるほどです。僕は全然そんな気はなかったのですが、やっぱりそのタイミングというか……。勤めていた時期の大体が高度成長時代じゃないですか。

伊藤　そう、僕らの時代はね。

小高　うちの子どもを見るとかわいそう。給料があまり上がらないのだもの。

伊藤　自分で選んだんじゃないけれども、結果としてそうなる。そのころは、まあいい時代だと思っていないんだよね。競争が激しいし、敗れていく者もいるし、死ぬ者もいるしね。相当な過酷な時代だけど、いまはもっと確かに若い人は厳しいよね。

小高　なかなか彼らの助けになれないのがくやしいですね。さらに原発事故みたいな問題があるじゃない。だから、一生八十年もどういう環境に生まれ落ちたかによって、だいぶ違うのではないかしら。

伊藤　違うね。

小高　運がいいのだよ。

伊藤　いまの若い人を見ていると特に。

小高　短歌にもそういう要素を入れて考えてないと、気の毒だと思うことがありますよね。

兄のこと

伊藤　せっかくだから、さっき言ったお兄さんのことをちょっと。やっぱり六つ上のお兄さんがいて、いろいろな遊びとか、勉強とかを教えてもらったり、お兄さんに影響を受けたとか。

小高　ありますね。

伊藤　僕は今日、小高さんの有名な歌だけど「的大き兄のミットに投げこみし健康印の軟球《ボール》はいずこ」という、すごくいい兄と弟の歌があるじゃないですか。でも、ちょっと後の方を見ると、「熟れ爆ぜしトマト畑に少年のわれ兄をはじめて敵とす」という歌がある。これは兄弟だから当然あるんだよね。

小高　そうね、ありますね。

伊藤　お兄さんの話はもっと聞きたいな。

小高　兄は明朗な性格で、僕と違って、すごく外交的な人で。

伊藤　えっ、小高さんも外交的だよ。

小高　いやいや、僕よりずっと。
伊藤　小高さんは外交的なところと、そうでない面と二面持っているような気がするよ。
小高　それで、兄の方が華やかで、学校中の注目を浴びる人気者で、体も大きくて勉強もできたんでしょう。六つ違うととても困るのは、兄が卒業すると代わりに自分が入らなければいけない。高校まで同じだから。必ず兄のことを覚えている先生がいるわけ。
伊藤　比較される。
小高　それで、兄さんはこうだったと言われる。生徒会の会長とか、そういうものを兄がやっていたわけで「おまえもやらなきゃ」ということになる。こっちは気が小さい方で嫌なわけ。だけど、やらざるを得ないみたいなところがあって。
伊藤　学校の先生はそういうことを言うよね。「おまえの兄貴は生徒会長をやって、勉強もできたよ」とか。常に弟は言われる。
小高　妹はそれをすごく嫌がっていた。「おまえの兄さんたちはこんなにできたのにどうしたのだ」と言われる。「高校は絶対に一緒のとこには行かない」と言った。それで別の私立に行ってしまったけど。六つ違う兄だとね、向こうは大人なのですよね。
伊藤　それはそう。六つ違ったら、すごい大人ですよ。
小高　そうすると、勉強も運動も教えられる。野球をやったら、フォームはこうだからここへ投げろとか、一部始終を教わった。仲はいい方だったから素直に聞いて、いろいろ言うとおりにやる。真似する。先に行っている人の言うとおりするから、学校ではそれなりにできるわけですよ。高校へ行ったら、兄から、「俺は文系だから、おまえは理科へ行った方がいい」と言われた。それで、理科系のクラスへ入ったわけ。両国は牢獄高校と言われるほどの学校で、受験勉強をやらせる。理科系のクラスなので物理をとっていた。しかし、物理がまたできないのですよ、本当に。当時の国立大学入試では物理は六十点満点でした。しかし、六十点満点で五点しか取れない。

　O君という中学の同級生がいます。いま防災研究所所長をやっている友人なのですが、彼は、物理がいつも六十点。この五十五点の差は、世界史、日本史では絶対に詰まらない。結局、物理が敗因で落ちたと、自分を慰めているわけです。物理で、文系に挑戦したのですが、やはりダメでしたね。

　兄の方がずっと貧しい時代ですから、豊かさへの願望があるわけね。だから、彼は大企業へ就職する。僕は、そのころから少しは目覚めてくるから、やれ社会主義だとか、貧しい人をどうするんだというようなことを言う。兄にもそんな気持ちは少しあったのでしょう。組合運動にのめり込む。しかし、組合運動が、乱暴に言うと貧しさのためのものでなくなるわけね。圧力団体になってくる。その辺から、お互いにどこかずれてくるということはありました。

　思想的な対立になる。おかしいよ、というような話になる。それでも兄弟だから、べつに何でもないのですけど。そういうのがずっと続いて、だんだん距離が遠くなったような気がします。兄貴は疎開先でいじめられたとか、イモしか食べられなかったといった悔しさがあって、食いものに対する執着が、僕よりもはげしい。食い意地がはっているのです。うまいものを食べたい、いいものを見たい、そういうものが、日本全体を豊かにするのだという感覚が、彼にはあった。死んでそれがよくわかる。

伊藤　飢えの感覚ですよね。

小高　うん。みんなで食事をすると、残ったものをみんな食べちゃう。大江健三郎さんとか、小田実さんたちが太ったというのと同じような現象がある。僕らの方は、それに比べれば、まだよかった。そんなに食べなくても残せばいいじゃないという時にでも、「もったいない」と言ってさらってしまう。そういう六歳の差もある。最初僕はキヤノンに勧めていたでしょう。

伊藤　そのときお兄さんはすごく喜ばれた？

小高　兄貴に「キヤノンは新興会社だからいいのではないか」とか、「土曜日は休みだぞ」とかアドバイスを受けている。しかし、こちらはだんだん違うことをしたくなるわけ。一年七カ月しかいなかったのですが。そのままいれば、たぶんアメリカへ行ったはずです。どんどん拡大していった時期でしたから。大学の三年、四年先輩が、現在の販売会社社長をやっています。そのままいれば、英語などをペラペラ話していたはずです。「おまえは本が好きなのだから、向いているよ」といろいろなことを言った友人もいて、途中入社で、講談社に入ってしまったのです。

意地と復讐

小高　一方で、ある友人には「やめた方がいいよ。いい加減な週刊誌しかつくっていない、ろくな本がないじゃないか」と言われた。確かにそうなのです。人文系の単行本もほとんどなかった。文芸書はあるのですが。ある友人は「本は読んでいる方がいいので、つくるのは大変だよ」といっていました。

　十一月二十一日が確かキヤノンの最後の日。金曜日でした。二十四日の月曜日が講談社の出社日。キヤノンは週休二日だから、土曜日に残った仕事を会社へやりに行って、全部処理して、一日休んで、講談社へ。そして、三週間ほどの研修のあと、その評判の悪い週刊誌に配属になる。取材記者とチームで仕事が始まる。

伊藤　週刊誌だから忙しいよね。

小高　忙しい。寝床に電話を一つ引いて、夜中一時とか、二時に帰ってくると、取材記者の家に電話して、どこまで進行しているか、できそうか、できないかというのをやっていた。それを三年ぐらいやった。そのころは、嫌なこともいっぱいあった。

伊藤　あるでしょう。

小高　やくざみたいな者に缶詰にされたりしました。いちばん嫌だったのは北朝鮮問題でしたね。当時、金嬉老事件があった。金嬉老が捕まって、獄中で結婚したのですよ。そのコメントをめぐって、いろいろもめた。もう一つは、当時、北朝鮮に「三千里」運動というのがあった。「金日成の躍進運動はどういうことか」と言われて、四ページの記事をつくった。いかに、どういうことをやっているのかということを緻密に取材し、朝鮮総連の副議長にもインタビューしてつくった。なかなかいい原稿ができたのですよ。

　ところが、他との原稿の関係で載らないわけですよ。ほかの強い企画があったりして。そうすると、総連から抗議が来る。支援者からも強い抗議。面倒でしたね。おそらく、政治的なことがあって、掲載されなかったのではないかと疑われたのですね。実際は、そんなことないのですが。朝鮮問

編集者として何かを残したい。それと意地（小高）

題は複雑なのだなあと、そのとき実感しました。

　そうこうしているうちに、印刷所との野球の試合で投球骨折してしまったのですよ。柔道部の人が、脱臼だと思い、親切にも引っ張り、押し込んだ。その結果、単純骨折が複雑骨折になってしまった。全身麻酔で大手術。いまでも、右上腕はかなりまがっています。一か月入院のあと、リハビリしている最中に辞令。腕を吊ったまま現代新書編集部に異動になりました。

伊藤　よかったね。本当に本をつくる。

小高　本をつくりたかった。堅い本をつくりたかった。ところが、講談社は堅い本がない。現代新書が一番堅い本。編集長になったときに、岩波新書の編集部と酒を飲む会をやったのです。そうしたら、岩波書店の新書の編集長が「うちでは、新書は会社の中で一番柔らかいと言われているのですよ」。こっちはぎょっとしました。そのくらい差があった。特にそのころは岩波新書全盛の時代で、初版が四万部、刷り置き一万部で五万部。定価がうちの二分の一。印税率が向こうは十五パーセント。講談社は二万部から二万五千部で、定価は倍。印税率は十パーセント。

　著者に会いに行くと、嫌らしいことを言うのです。「君のところでやっても書評が出ません。学界で評価されません。印税も少ない。なぜ君のところで出さなければいけないの」とはっきり言われたときは、やっぱり屈辱でしたね。

伊藤　そのころ講談社の置かれた現状だったんだね。

小高　断られることが多く、十人頼んで三人ぐらいの打率。その悔しさを一度でも晴らしたいというのが、夢でした。

伊藤　「選書メチエ」とか。

小高　ああいうものをやろうと言うのは、その怨念。当時は景気もよかったからね。

伊藤　でも講談社のイメージを決定的に変えましたね。

小高　「メチエ」の若い編集員が、「頼みに言って、断られたことないのですよ」と言うのですよ。屈辱の経験がない。元の原稿のまま刊行されてしまうから本当はよくないのです。手を入れ、推敲してもらわないといけない。

伊藤　相当堅い本だもんね、あれね。書き下ろしのね。

小高　それはともかく、「選書メチエ」を創刊したり、『現代思想の冒険者たち』『日本の歴史』シリーズを創刊したのは、一種の復讐戦です。

伊藤　なるほど。

小高　編集者として何かを残したい。それと意地ですね。やっている最中は面白いわけですよ。まあ、こうやって編集者の話をしていれば、何時間でも話していられるね。

短歌をどう位置付けるか

伊藤　そろそろ歌にいった方がいいのか

な。

小高　何度も言っているように、馬場あき子さんが歌をやっている人だと知らなかったからね。

伊藤　『鬼の研究』を。

小高　そうか、この人歌もやっているのだと。僕はともかく、作ったことが一度もないわけで。

伊藤　でも、古典は結構読んでいたんでしょう。

小高　読んでいませんよ。

伊藤　『万葉集』とか、『新古今集』とかも？

小高　全然読んでいません。だって、僕は経済学部だから、読んでいたのは例えば、佐久間象山とか、横井小楠とか、荻生徂徠とか、丸山眞男先生の影響で思想史をやっていたので、福沢諭吉とか、そういうのはよく読んでいたし。それから、友達同士で勉強会や何かをやるのは、例えばファシズムの研究だとか、マルクス・レーニンといったもの、さらに丸山さんの系列のものを読んでいました。『万葉集』はおそらく歌をやらなければ絶対に読まなかった。『古今集』も、『新古今集』も、高校の教科書ぐらいしか知らないわけで。そのうち馬場さんのところにくる歌人とも知り合う。僕が一句と言うたびにいつも怒られる。

伊藤　一首です、と。

小高　ということが始まりですね。馬場さんも書いていますが、ずっと歌を軽蔑していたし、こんなもの何の意味もないじゃない、お金にならないでしょうと言っていた記憶がありまして。だから、知り合いになってもしばらく歌はやっていないわけです。馬場さんが「かりん」を始めたのが運の尽きなのだよ。あれをやらなければね……。

伊藤　何の会だったかな、やっぱり歌を作ってきてよかったと言っていましたね。

小高　それはそうです。

伊藤　小高さんは編集者として、いろいろ仕事をやってきたじゃないですか。自分でいろいろな思いがあるわけじゃないですか。でも、それはなかなか書けないわけじゃない。

小高　たしかに。

伊藤　書けない。それでは、短歌というのは、最初は馬場さんの誘いがあったにしても、やっているうちに、これは自分のいろいろな日々の鬱屈した思いとか、何かいろいろなものを表現するにはいいかなと。小高さんはそう思い始めたんじゃない。

小高　そのとおりですね。

伊藤　やっぱり誘われても続かない人もいるわけじゃないですか。でも、小高さんは自分なりに、歌はこういうふうに自分にとって意味があるんだと思って続けてきたし、それが僕はすごくうれしいんだよね。

小高　無理やりだし、あくまでお誘いを受けた方ですが、でも、すごく感謝していますよ。そうではないと、発散しないときもある。

伊藤　うん、そう。小高賢というペンネームを使って、いわばもう一人の黒子だよな。編集者は黒子というけれども、やっぱりもう一人の黒子をつくったんだと、僕は思う。それで相当、もちろんつくる側は大変だったろうけれども、でも、何かやっているうちに、自分の思いも言えるじゃないかというので。

小高　それはそのとおりですね。そこで、また同じことか起きるわけですよ。つまり、悔しくなってしまうわけ。

伊藤　悔しい？

小高　始めるときに、もうすでに、伊藤さんとか、小池光さんとか、河野裕子さんとかはみんな歌集を出している。

伊藤　出発が遅かったから。

小高　周りを見れば、ほぼ同じ世代が、みんな俊秀なわけ。冗談を交わしている人々が注目新人じゃないですか。こちらは編集者だからいっぱしのことを言うわけです。でも、実際はろくに何も知らない。作品もつくっていない。偉そうなことを言っていても、よく分からない。そこで、何かしなければいけないと思う。つまり受験勉強になるわけですね。

伊藤　それは、ともかく職場で大変な仕事をして、家に帰って、歌を一生懸命やるんでしょう。

小高　ともかくむやみやたらに読むとか、むやみやたらに作るとか。そういうことが始まる。たぶん歌を味わうということがなかったのではないかな。

伊藤　では、現代短歌、近代短歌を相当勉強して。

小高　編集者だから、本を集めるのは得意。歌集をいっぱい集めてしまう。教えてもらって、いろいろと買い込んだり、もらったりして、それをどんどん読む。一緒くたに読むわけですよ。正岡子規と福島泰樹を一緒に読んでしまうわけ。伊藤さんの『瞑鳥記』も、誰かにコピーをもらった。『瞑鳥記』とそれこそ、島木赤彦を一緒に読むみたいなことがおこる。頭の中は、もうめちゃくちゃ。そんなふうにやっているうちに、宮柊二などが自分に合っているなと思いはじめる。そこに行くまで、おそらく五、六年はかかっているはずです。だから、伊藤さんたちと違う。学生時代から歌をやっている人と全然違う。

伊藤　でも、近代思想とか、近代文学の幅広い理解があって、現代の歌を見るという視点はいまも。

小高　ありますね。

伊藤　小高さんの評論もそうだし、現代短歌を論じるときも、小高さんが、現代の文学全体の中において歌をどう考えるかという視点がいつもあるよね。それが、僕には非常に新鮮ですよ。

小高　近代文学史も、近代思想史もそうだけども、歌を全部外して考えていますね。短歌は、ほとんど問題にされていない。与謝野晶子など、ごくわずかな歌人です。

伊藤　石川啄木も結局、評論とかで評価されるのであって、短歌そのものはちょっと付け足しで評価される、文学思想全体の中ではそうですよね。

小高　そうですね。啄木は、それでもよく取り上げられる方だけど、ほかはひどいですよね。

伊藤　うん、そう。

小高　与謝野鉄幹もなかなかきちんと位置付けられていない。

伊藤　位置付けられないね。

小高　長くやっていると、身びいきもありますが、もう少し近代文学史とか、近代思想史の中に短歌を位置付けられないかという気持ちになりますね。

伊藤　小高さんは、これからいろいろな仕事を考えておられると思うけども、近代思想というのか、それをどう捉えるかというのは幾つか書いておられる。その中に短歌をどう位置付けるかというのは、小高さんでなければできない。

近代文学の研究者、もう本当に名だたる作家たちでも、いろいろな本を書かれても、歌の読みができていないね。

小高　本当、そう。

伊藤　表面的な散文的な意味だけで、歌を利用しているんですよ。本当に歌を読んでいないよね。だから、小高さんは、やっぱりこれから近代思想全体というのかね。

小高　とりわけ、「白秋論」に、その弱点が顕著ですよね。短歌になると、みんな怪しい。

伊藤　そうなのだよ。

小高　及び腰になってしまう。

伊藤　ただ引用してね。表面的な意味を取るだけ。

小高　そういうのはありますから。少しは歌が読めるようになると、気になって仕方がない。

伊藤　歌はやっぱり読んで、僕らは書いてほしいけども、歌をだしにしている作家たちの文章は多いよね。

小高　多い。本当、それはそう思います。しかし、一方で、どうして歌人がいままでやっていなかったのかと思うことも多い。

伊藤　だから、逆に言うと、僕を含めて歌人は近代文学全体のもっと幅広い視野というのか、それがないと、歌だけじゃ、やっぱり駄目だよね。

小高　近代文学をやり直さないといけない。

伊藤　そうね、やっぱりね。

小高　つまり、歌をやりながら、同時にその時代はどんな小説で、どんな評論があったかを一緒に読まないと、本当はいけない。

伊藤　そうなんですよね。

小高　それをやりたいのですが。なかなか。

伊藤　いや、東京はいろいろいると思いますよ。

小高　こちらも年齢を重ねると、そういうのがいちばん楽しい。

伊藤　そうね。

小高　何かを食べたいという欲望も少なくなっているし……。

伊藤　食べてもしれているし、飲んでもしれているから。

小高　いや、「飲む」ことについては、伊藤さんはしれてないでしょう。勉強することは、レジャーと一緒だと思う。

勉強することは、レジャーと一緒（小高）

自分で自分を拘束

伊藤　それでは聞こう。小高さんのこれからのライフは、もちろん日本の出版界、あるいは、出版人を励まし導くのは、いまの小高さんの仕事じゃないですか。それは大事なリーダーシップを取ってやっておられるわけだけど。

個人としては、これから何か仕事というのは。

小高　僕はやはり歴史に興味がある。だから、例えば、戦後なら戦後、あるいは、敗戦なら敗戦で、なぜこうなった、なぜこういう文学になったのか、なぜこういう短歌になったのかということを、もう少し流れとして位置付けたいという気持ちがあります。昔、やっていた近代思想史への本卦還りかもしれない。せっかく歌をやったのだから、それとうまくドッキングできないかなということを考えることがあります。つまり、ある意味では、文学史の書き換えみたいなことはやりたい。

伊藤　したいですね。

小高　それからもう一つは、篠弘さんもやるとおっしゃっているのですが、戦争です。戦争と歌人という関係をやりたいですね。なぜ、あんなふうになるのかと、やっぱりまだ分からない。なぜ、ああいう歌になっていったのか。その中で、短歌というものは、何なのかを考えたい。例えば、土岐善麿という歌人などもそのひとりですね。「進歩的」という中味などを再考してみたい。

斎藤茂吉とか、議論になっている歌人ではなく、好感をもって迎えられている歌人をもう少し考えたいなと思うのですよね。これはなかなか難しい。こういうようなことをのんびりやりたいですね。

伊藤　いや、のんびりしていないよ。あと、もっとゆっくり、牧水のことも聞きたい。

家庭人の小高賢をちょっと聞こうと思って。奥さんの歌を引いてきたんだよ。やっぱり家の中でも張り切っているんだよ。この鷲尾三枝子さんの歌集『まっすぐな雨』からね。

小高　うちの奥さんの歌？

伊藤　そう。

「人生を節目節目と叫びつつ家中のカレンダー剝ぐはわが夫」（『まっすぐな雨』）

大変だよ、この人は。

小高　うそですよ。

伊藤　これは、奥さんの歌の方がリアリティーがあるよ。毎日、「人生を節目、節目だ」と言って。

小高　カレンダーをはがすのは、僕の役目ですが。

伊藤　だって、これはカレンダーをはがすのを「人生を節目、節目だ」と。

小高　オーバーだよ。

伊藤　これはすごいね、毎月はぐって。

小高　困ったな。

伊藤　いや、うそでも、それはうその方がリアリティーがある。「人生を節目、節目」と叫びつつ家中のカレンダーはぐ」んですよ。

小高　僕、割と真面目なのですよ。だから、例えば、仕事場へ行くでしょう。だいたい十時前後にはついている。そんなに行かなくてもいいわけ。べつに会議があるわけでもないし。でも一度決めてしまうと、それに拘束されて、十時前後に行かないと気分がよくない。何もしていない。何をしているかというと、何もしていないのですが。パソコン見ているだけなのですが。夜も七時過ぎに帰ると決めると、用事がなければちゃんと帰るわけ。区役所的な行動が、区役所といったら悪いのですが、割と好きなわけ。

伊藤　暇な時間というのはある？暇は嫌？

小高　暇になると病気になる。風邪ひく。

伊藤　ああ、何かやっぱり。

小高　暇があると何かする。例えば、時間にゆとりがあるとするでしょう。この一週間は時間があるなというと、じゃあ、国会図書館でいまのうちに調べものをしておこうとか、コピーを取ろうかとかいって。

伊藤　じっとぼんやりというのはないんだ。

小高　割とできないですね。だから、音楽も流している。

伊藤　音楽のためだけに時間を取るというのではなくて。

小高　ＣＤを流しながら本を読むとか。演奏会は別ですが、「ながら流」が多いですね。

伊藤　散歩とかはどう？

小高　ウオーキングはやる。
伊藤　ウオーキングをしながら、仕事を考える。
小高　それはしないけど、今日は一万歩歩くという目的意識が出てきてしまう。
伊藤　ああ、奥さんに褒められたという歌があったな。
小高　だから、そういうふうに決めてしまうと、それに拘束されるというのか。
伊藤　きちょうめんなもので、こういうものもあるんだよね。「モーニングコール十分前から待つ夫とローマ二日目諍いをせり」（『まっすぐな雨』）
　旅行中でも駄目なんだ。モーニングコールが鳴る前から早く起きて、「おまえもう起きる時間だ」と揺すぶるんだから。
小高　それは事実。海外旅行へ行くとモーニングコールを頼みますね。そうすると、モーニングコールが鳴るのを待っている。
伊藤　要らないんだ。
小高　モーニングコールで驚かされるのが嫌なのだ。だったらモーニングコールをしなければいいのだけれど。
伊藤　でも、モーニングコールは起こされるためにかけるんだよね。この人は、モーニングコールがなる前に自分で起きて。
小高　電話とか、ああいうもので驚かされるのは嫌でしょう。
伊藤　ああ。
小高　締め切りはどうですか。
伊藤　締め切り前後だな。
小高　でも、きちんと締め切りを守るでしょう。
伊藤　まあ、一日、二日遅れるぐらい。
小高　締め切りは守る方なのですよ。著者に二タイプある。
伊藤　プロだからよく分かるよね。
小高　真面目な人と、それから、すごく遅れる人。それは、ちゃんとこっちも分かっているから、さば読んだり、何かしたりする。一番いけないのは、編集者出身の著者。これが困る。
伊藤　校了がいつか分かっているから。
小高　まだ大丈夫だろうなどと、すぐ見破られる。もう亡くなったのですが、宮脇俊三さんという作家がいました。中央公論の専務までやった方で、鉄道ファンなら、誰でも知っている名文家です。書き下ろしを頼んだことがあります。本が出るのは二十日、校了はその前の五日ぐらい。しかし前月の三十日にまだ百枚以上も足りない。刊行は決まっているし、新聞宣伝も予定されている。装幀・カバーもできてしまっている。「宮脇さん、もう駄目なのです。」と頼むと「ああ、そう。おたくの印刷所はどこ？」と言うのですよ。「凸版印刷です。」と言うと「そうか、凸版、あそこはカレーがうまいのだよね」とか何とか言って、「分かった。残りは凸版で書く」。実際に三日間通って書いてしまうわけです。印刷所は、そういう人に対しては、もう最恵国待遇。例えば原稿三十枚が、二時間後にはもうゲラになって出てきてしまう（当時は活版印刷。念のため）。そこで直してしまう。また二十枚出て、あっという間にできてしまった。こういう著者は困ります、編集者にとっては。
伊藤　手の内を知っているから。
小高　逆もいるわけです。僕が付き合っていた中で一番真面目だったのは、画家で、エッセイストの安野光雅さん。例えば、原稿が十日締め切りというと、前の月の三十日ぐらいには出来ている。しかし、いつもぼやいていました。「早く出すのは駄目だ。編集者が感動しない。もうできたのですか、なんて言う」と。
伊藤　まだか、まだかと思って待っていると感動する。
小高　そうそう。やっとできたことに喜ぶわけですね。いい原稿かどうか言わないで……。そういう著者もいるのです。僕は臆病だから、病気になったりすると嫌だから、二、三日前には原稿が完成しているようにしている。心配性なのです。

自己防衛

伊藤　それは健康に関してはそうだよね。
小高　うん。人間ドックに行ったりね。そういうのはよくある。
伊藤　奥さんの歌にこういうものもある。「三十七度七分の熱にうろたえる夫を叱りて氷かち割る」（『さみどりに呼ばれし』）。奥さんから見ると、三十七度七分ぐらい大したことはないじゃないかという。
小高　うちの奥さんは、熱にも強いし。
伊藤　女性の方が強いですよね。
小高　僕は、三十八度になると、もうほとんど半死状態ですね。
伊藤　上田三四二さんの本に病に強いと書いていたけど。
小高　あれほどたくさん病気をしたらね。
伊藤　でも、あれは病に強くならざるを得なかったんだよね。
小高　伊藤さんだって強いじゃない。病気しないでしょう。
伊藤　小高さんもそうでしょう。
小高　僕もしないけど。伊藤さんはカウンセラーだから、こういう相談はいっぱいあると思うけど、高校の一年ぐらいの春かな、いまでも思い出すのですけれど、死ぬことがすごく怖くなった。
　死ぬということがどういうことかと考えると、もう居ても立ってもいられなくなった。たぶん、あれはノイローゼだと思うのですが、計算を始めるわけ。例えば、八十歳で死ぬと、八十に十二カ月を掛ける。それに一カ月が三十日で、三百六十五日を掛ける。それに時間を掛けていくと、死ぬまでの数字が出るわけです。忘れたけど、すごい数の秒数。
　一秒ごとに死んでいくという意識が生まれてしまう。毎日が怖くて、怖くて仕方がない。上田さんも同じような体験があって、小説にも書いていました。高校のときにそれに襲われて、春休みを一回棒に振りました。何によって解消したかというと、誰かの本に、結局そういうのは忘れること以外ないと書いてありました。いくら考えてもしょうがない。結構、きつい体験でした。
伊藤　意識しないということ。
小高　忘れるためなら、どういう小説がいいのかも書いてあって、その中に武者小路実篤の小説が出ていた。大した小説ではなかったのですが、忘れることができました。いまでも時々、一瞬不安になります。
伊藤　最近、「短歌往来」に出したのも、「死に仕度」だったか。
小高　あれは、向こうのテーマでしたが。かなり臆病です。
伊藤　でも、いつも死というものは意識の中にありますよね。
小高　ありますね。女性の方が精神的に強い。僕は、すごいショックを受ける。
伊藤　同年代の友人や、会社の人たちが亡くなってすごく衝撃を受けて。それは、いつも小高さんのテーマですよね。
小高　一緒に席を並べた友人が四十九歳で死ぬ。何だろうと思ってしまうのですね。
伊藤　すごく年齢意識が強いと思うんだ。

小高　そう。

伊藤　あまり年齢を意識しないで生きている人がいるけど、小高さんはいつも結構年齢を意識しているんだよね。三十代になると三十代、四十代は四十代、五十代は五十代。すごく年齢意識が強い。

小高　あるね。それは、たぶん用心だと思う。つまり、準備をしておかないと、という不安感が強いんじゃないかな。だから、四十歳になったら、四十歳のときにこういうふうにしておかなければいけないとか。学校の準備を前の日にする、ランドセルの中に入れて。

伊藤　割と真面目なんだ。

小高　割とじゃない。

伊藤　周りはあまりそう思っていない。

小高　そう？

伊藤　結構自由奔放に生きていて、悩みがないかのごとく思っているんだけど。

小高　いや、気が小さくて、いろいろなことを気にしている。

伊藤　ああ、そう。

小高　気も弱い。

伊藤　モーニングコールを頼んだけど、その前に起きるんだ。

小高　小学校のときに、朝礼をやるじゃない。生徒会の会長が話す。そういうものを僕がやらなければならないときには、足が震えて、寝られなくなったりするわけ。会社でも、企画案を偉い人に説明する会がいっぱいあった。ところが声がうわずったり、足が震えたりするわけ。何度もやっているうちに慣れてくるのですが、根はすごく弱いのだと思う。伊藤さんは強いよ。

伊藤　僕も強くない。でも、そういうところは、いろいろ端々に見えますよね。歌を見ても、文章を見ても。

小高　たぶん自由奔放にやったり、人の悪口を言ったり、人のことをくさしたりするのはその裏返し。自己防衛なのだと思います。責められると弱いから、相手を責めてしまうというところがあるのじゃないかな。僕のおしゃべりは自己防衛に近い。自分のことを問われると嫌なのだ、怖いのですよ。だから、煙幕張るように話してしまう。そういう要素はかなり大きい。だから本当のおしゃべりかどうかは分からないのですよ。うちではあまり話さないからね。うちにいると自己防衛しないでいいわけですから。

近代人の寂しさ

伊藤　いい奥さまじゃないですか。牧水賞のときも一緒に来てもらってね。

小高　結婚すると決まって、はじめてわが家に来たときに、うちの家族が「あんな変なやつとよく結婚してくれて……」と言ったそうです。
伊藤　えっ、誰が？
小高　うちの両親が。うちの息子とよく結婚してくれたと。「もの好きですね」みたいなことを言われたらしい。
伊藤　なぜ両親はそんなことを言ったんだろう。
小高　僕のことをやっぱり変わっていると思っていたのではないかな。結婚はできないと思ったのではないかな。変わっているといえば、変わっているかもしれない。
伊藤　何が変わっているの？親から見て。
小高　だって人の悪口をすぐ言うし、女性に向かって、太ったね、などとすぐに言ってしまったりする。どう考えても、もてるタイプではない。
伊藤　でも奥さまは魅かれたわけだから。
小高　魅かれたといっても、お互いにいい歳でしたからね。
伊藤　いや、いや。
小高　三十歳近くになっていたからね。
伊藤　出会ったきっかけを。
小高　あるところで彼女が会社の友人と歩いているのに出会った。知っているから、じゃあ一緒にお茶飲まないと言って、会ったのが最初です。だから、向こうも変わった人だと認識していたと思いますよ。連れ合いにとって、迷惑だったのは、歌を始めなければならなかったことです。彼女もまったくつくったことがない。
伊藤　それで、馬場さんが仲人になったわけでしょう。
小高　会社の上役に仲人してもらうのは、嫌だったから、馬場さんにお願いしたら、「いいよ」と言って、快く引き受けてくれた。じつに、いい加減な結婚式で、酒は浴びるように飲むし、スピーチを頼むと、お色直しで彼女がいないと、「奥さんに言いたいので、いまは話したくない」と断る。酔った後輩の司会者は、坐ったまま、「次」「次」などと吠える。彼女の家族は怒っていたそうです。僕の友達みんなひどい連中ばかり。早く亡くなったのですが、毎日新聞に西井というゼミの友達がいた。
伊藤　西井一夫さんね。
小高　彼が「鷲尾が結婚するなんて本当に想像できなくて、前の日までうそだろうと思っていた。行かなければいけない。しかし、金がない。しようがないから、友達集めて徹夜マージャンをやって勝ったから来た」というスピーチをする。ノンフィクション作家の上前淳一郎さんが「自分のいま着ている背広は、うちの奥さんがつくった。だから女性は……」などと、言いだす始末。彼女の友人がかんかんに怒って反論するなど、かなり破天荒な結婚式でした。
伊藤　牧水賞のときに奥さんが来てくださって、ずっと一緒にいてくださったじゃないですか。お二人の写真も撮って。
小高　ありがたいですよ。
伊藤　本当にそうですよ。
小高　一生に一度の晴れ舞台に。
伊藤　奥さんも喜んで来てくださってね。
小高　うちの奥さんは結婚式の写真が気に入らないわけですよ。
伊藤　結婚式の？
小高　そう。会場の出版クラブにはたいした衣装もなくて、たいした髪結いさんもいない。ともかく安いところだからね。だから、写真もひどいわけ。自分としては、こんな写真は残したくない、とずっといっていました。
伊藤　美しい奥さまで。
小高　牧水賞のときはシーガイアホテル。あそこもよかった。

伊藤　そう、そう。あそこのシーガイアだったものね。
小高　あれが生涯の華じゃないの。
伊藤　何言っているの。
小高　あとは、葬式ですよ。
伊藤　それで第五回牧水賞。
小高　もうだいぶ昔ですね。
伊藤　十二、三年前ですけど。
小高　前だね、そうだね。
伊藤　でも、あのときは小高さんと小島ゆかりさんと二人いて。
小高　賑やかでしたね。
伊藤　選考委員会でこれは絶対に牧水賞始まって以来の二冊にしようとなった。すごく評判がよかったのがあの第五回なのです。
小高　あのときはまだ両方共、賞金が二分割されないで。
伊藤　そう、そう。知事が「これは臨時予算を組んででも。半分ずつにしたら恥ずかしい」と言って。
小高　あのころをよく思い出しますよ。
伊藤　小高さんはどうなんですか、牧水賞というのは。
小高　年譜にも書きましたが、だいたい僕は賞というものをもらったことがないのですよ。高校のときにスポーツ功労賞というのはもらったけど、それ以来、何ももらったことはない。生まれて初めてもらったから、すごくうれしかったのと、ありがたかったのと。それから同時に、あのときは、ちょうど例の『日本の歴史』の騒ぎの最中だった。
伊藤　あのときだったの。
小高　あのときなのですよ。
伊藤　ひどい苦境だった。
小高　わんわんしているときにですから、すごく印象深い。宮崎から、馬場さんと伊藤さんからお電話をいただいたのはよく記憶している。もう一回ぐらい何か賞をもらいたいな。
伊藤　これからあるよ。
小高　「かりん」の友人たちも若かったし。たくさん来てくれたね。
伊藤　一緒に行ってもらった。授賞式のあと、高千穂まで行って面白かったし、思い出がありますね。
伊藤　そうなんだ。かりんで高千穂のお宮さんへ行ったんだよね。
小高　そう、そう。あのときのことはすごく感謝しています。平和で幸せな瞬間というのがあったということですね。それ以後、時代も悪くなるし……本当にタイミングというか、ぴったりのときで。馬場さんもうちの奥さんに時々言うらしい、「あのときは面白かった」と。高価な焼酎を亡くなった清見糺さんが抱えてしまって、ひとりで飲んでいたり。いろいろなことを思い出すなあ。小島さんとまるで夫婦のようにして登場したり。
伊藤　新郎、新婦みたいに。
小高　本当にありがたかった。
伊藤　そう言ってもらえるとうれしいよね。
小高　歌をやって、あまりいい思い出はないのですが、ただ一回のよかったことでした。
伊藤　牧水はどうですか。あのときもいろいろと原稿を書いたり、話してもらったりしたけど。さっきの近代思想全体の中、あるいは。
小高　近代史、あるいは近代思想史、近代文学史の中で、牧水はいちばん位置付けにくいのではないでしょうか。
伊藤　そうなんですよ。

小高　とても難しい。牧水のエッセイや短歌に思想的な言語は見えない。しかし、あれが思想なのですよね。そこのところをどう考えるか。正直、まだ完全に解けていないのかもしれない。大変だと思う。牧水の何を、どうとなくなる感じがする。話すこと取り出すか。もし、取り出せないとすると、たぶん日本の詩歌のいちばんの中心が分からないのではないですか。

伊藤　そうなんですよね。韻律の問題も含めてね。

小高　言葉から取り出す以外ないのだが、牧水の場合は言葉から取り出すのはかなり困難な気がする。伊藤さんはどう？

伊藤　いや、これからもっとやらなくちゃいけないけどね。

小高　「牧水研究」をいつもいただいて読むのだけど、いろいろなことをやっていらっしゃる。一方で、細かく調べて行くだけでいいのかなあなどと、失礼ながら考えてしまう。

伊藤　どうしたらいい？

小高　分からないですね。切り口が結構大事になってくるのではないかな。言葉を分析したり、色がどうだとか、どこへ行ったとかというだけでは、分からないのではないかな。あそこにある悲しみ、牧水自身がすごく悲しいじゃない。あれをどのように捉えるか。

伊藤　それを、宮崎の講演のときも話していたよね。

小高　少しですが。

伊藤　壮年期の牧水の悲しさ、寂しさはどこから来るかというね。その辺を論じていくと、近代人の何か。牧水がいくら自然を愛し、旅を愛したといっても近代人だから。

小高　牧水の奥深い悲しみ。それをわれわれはうまくつかめていないような気がする。有名な、空穂に「あなたは何で酒を飲むのですか」と訊かれると、「もう朝、たまらないのですよ。飲まなきゃいられない。本当は、酒は好きじゃない」と答える。

伊藤　娘もそれを書いている。父親の酒は、「やっぱりほかの人ならやり過ごすことができることをやり過ごせないから、父は飲んでいるんです」と。偉い娘だよね。

小高　飲まざるを得ない近代人の寂しさ。僕は、夏目漱石などにも共通しているような問題があるような気がする。これは、大テーマですよ。

伊藤　大テーマだね。

小高　これをやらないと、うわべだけでは多分むずかしいのでしょう。僕は思想史として、牧水をきゅっとつかめることができないかと思うのですけど、これは結構大変だ。

伊藤　それは、近代日本人は何かという意味で。

小高　本当にそう。

伊藤　原日本人は何かという、そういうところへ行くんでしょうね。

小高　宮崎というところに流れてきたとか。

伊藤　おじいさんは関東の人。

小高　逆に、牧水は宮崎から東京へ出る。そこでの不適合。園田小枝子さんの問題にも、そういう問題が全部投影しているような気がする。

伊藤　小高さんは知っていると思うけど、丸山眞男さんの岩波文庫の大事な三冊の中の一冊は『牧水歌集』なんですよ。

小高　お母さんが歌をやっていたからね。

伊藤　そうなんです。

小高　先生は牧水が好きでした。座談会でも、「回想録」でも言っている、牧水のことを。

伊藤　ああそれは、僕も読みました。ちゃんとお母さんのことに触れて『牧水歌集』。だから、あれだけ近代日本人の精神を分析した人は、やっぱり岩波文庫の三冊のうちの一冊に牧水を挙げるという。これをどう考えるかというのが。

小高　名前を知っているかどうか分からないのですが、安丸良夫さんという思想史家がいます。その安丸さんに『現代日本思想論』（岩波現代文庫）という一冊があります。その解説を書いたことがあるのですが、彼の丸山論の骨格に、「古層」批判があります。あまり評判がよくない丸山さんのこの問題提起なのですが、多分、牧水は「古層」問題とも触れるのではないか、と考えています。

丸山先生の中にもお母さんの問題があります。大学とか、西洋などを通って、近代人に飛躍するのですが、しかし、なりきれない。どこかに原日本が存在してしまう。それが母親に体現されているのでは？　そこに牧水的問題がからむのだと思うのです。近代人になかなかなりきれない。それを牧水が現象的に表しているような感じがするのですよね。歌はそういうことと関係があるのではないでしょうか。

伊藤　ありますよね。それは、短歌とは何か、短歌で培われた感性とは何かという問題になるんだろうね。

小高　北から茂吉。南から白秋、牧水、真ん中から空穂。これがみんな東京へ来るわけですよ。

伊藤　上京組ですよ。

小高　上京組ですね。啄木もそうだし、みんなが東京に来たときの問題というのも、やっぱり考えなきゃいけないのではないですか。

伊藤　やっぱり東京なしでは、文学はあり得なかった時代ですよ。

小高　東京を反措定にする。

もう少し大人になってくれれば

伊藤　話は変わりますが、今後は歌人として、また仕事はどうする。

小高　自分の限界は分かっているからね……。ただ、さきほど伊藤さんが言ってくださった、日々の澱みたいなものがはき出せる器としてはすごくありがたかったし、精神の安定にはとても助かっている。ただ、ここまできたら、もう成り行き上、やらざるを得ない。編集者らしいのですが、やはり自分の才能というのは分かりますからね。文学をやる人には、ナルシズムがないとやっていけない。それはない。また、自信がない。

伊藤　そうですか。

小高　それほど自分に期待していませんが、しかし、ここまでくると意地！また意地です（笑）。

伊藤　この間、かりんに『長夜集』の批評を書かせてもらったけど、すごく面白いよね。

小高　そう言っていただけるのは、お世辞としてもうれしいです。

伊藤　面白いというのはそういう意味じゃなくて、やっぱり問題提起があるよね。

小高　ありがとうございます。

伊藤　そして、やっぱり小高さんというのは、相当難しいことを考えて、難しい本を読んでいるにもかかわらず、散文も、歌も、平明をモットーとしているじゃない。それがすごく大きいことだと、僕は思うん

自分のつくりたい歌をつくるのが一番（伊藤）

ですよね。

小高　難しいことを言っても、意味がないものもいっぱいある。

伊藤　それはそうだけど。

小高　歌は続けるし、やるし。

伊藤　ぜひ続けてほしいですね。

小高　自分なりにここまできたらやるのだけど、三十五年ぐらいやっていると少しぐらいは分かってくるというところもありますからね。首を傾ける批評もあるしね。

伊藤　それは誰の歌？

小高　いや、誰ということはないけど、歌壇にあるじゃない。

伊藤　それは確かにね。

小高　そうすると、かっとして言ってしまう。そういうところがいまだありますけど。心からいい歌はつくりたい。しかし、いい歌は他人が決めることですからね。

伊藤　そうだね。結局、人に褒められる、褒められないとは関係なく、やっぱり自分のつくりたい歌をつくるのが一番じゃないかな。

歌人は、他人の評価を気にするなら、そこはもうちょっと自分の…

小高　この年になると自分が満足すればいいと思わないといけない。

伊藤　そうだね。

小高　しかし、自分も小人物ですからね。正直に言えば気になる。

編集　あと一点だけ。時事詠の問題をどう考えておられるか。上九一色村に実際に行かれたりしておられますが。

小高　これも意地です。オウムの場合にはたくさんの歌人と論争しました。同時に、いまでも関心を持っています。オウムについての本や論考なども漁っています。どうも一過性が歌人の悪い癖なのではないでしょうか。今回の原発事故でも同じことで、ともかく歌人は忘れっぽい。一度、詠うと終えた気がするのかもしれない。先週も、金曜日に国会前に行ってきました。だんだん参加人数が少なくなっています。大したデモじゃない。ただ行って、叫んで、反対とやっているだけの「お焼香」デモみたいなものですよ。原発の問題も、沖縄の問題も同じで、僕らの世代は頑張らないといけないなと思うので、一所懸命参加しています。それに意地もあります。なんとか歌に反映したいのですが、なかなか大変ですね。吉川宏志さんは頑張っていますね。

みんな、時代に流されているところがある。僕はへそ曲がりが好き。兄が勲章をもらったときのお祝い会に行かなかったのも、そんな気持ちからです。

伊藤　ある時代の精神をしっかり持つ。いまは、そういう精神が薄れつつあるんだ。

小高　歌人に筋の通っていない人が少なくない。どうもイヤだなあ。出処進退は大事ですよ。そういう精神が歌人に問われていませんか。左翼などもう存在していません。しかし、まずいことはまずいと誰かが言わないと、どこかおかしくなる。それが子どもっぽいと言われてしまうところですね。でも、最近かなり年下の歌人から、連れ合いは「小高さんも、もう少し大人になってくれればいいのに」と言われたそうです（笑）。

的大き兄のミットに投げこみし健康印の軟球《ボール》はいずこ

『耳の伝説』

ともかく野球少年であった。夕方まで、公園から帰ってこなかった。身長を生かしたオーバースローで、ストレートには伸びがあった（自慢！）。ただ、あまりコントロールがよくなかった。兄にときどき教えてもらうことがあった。肘をあげろとか、踏み出しのステップをもっと広くなど、指導を受けた記憶がある。自分で読みながら、戦後の東京下町の風景が甦ってくる。焼け跡がまだいたるところに残っていた。貧しかったが、黄金時代だったような気がする。今日より明日の方がよくなるという希望があったからだ。

兄は六歳上であった。この差は小学・中学生のころは、とても大きい。「的大き」は当時の心理状態でもあった。相手をしてくれたその兄に、死がこんなにも早く訪れるなど想像もしていなかった。もう一度、キャッチボールがしてみたい。そういう感傷が襲ってくるのは、こちらの年齢のせいばかりではあるまい。

しばらくすると、突起のあるディンプル型に変化したのであるが、健康印の軟球（通称菊型）は実際にあった。

鷗外の口ひげにみる不機嫌な明治の家長はわれらにとおき『家長』

結婚する。子どもができる。そのなかでの生活。私自身、一度も一人暮らしをしたことのなく、親とずっと同居していた。連れ合いも同じ。少々変わっていたかもしれない。そのふたりが結婚生活を始める。いろいろなことがあった。一首の背景にそういう環境がある。互いにわがままでありながら、それなりに気を遣わなければならない。子どもが生まれれば余計そうである。まして、そのころは仕事がいちばん忙しい年齢だった。どうしても、家のことがおざなりになる。しかし、気になっていないわけではない。

鷗外や、漱石などの写真を眺めていると、にこりともしない顔ばかりだ。みな髭をたくわえている。だが、芥川龍之介世代には髭がない。いったいこれはどうしてか。そんなことを思っていたことがある。不機嫌ではいられない家庭における自分の位置。結句にはそういう気分がある。しかし、「家長」という歌集題からして、ひどく封建的だと、同世代の女性陣から批判もあびてしまった。山崎正和『不機嫌な時代』の影響もある。

自歌自注

わが家の持統天皇　旅を終え帰りてみればすでに寝ねたり

『太郎坂』

いうまでもなく持統は天武天皇の皇后。壬申の乱に勝利し、さまざまな改革に力を尽くすが、夫の死後、称制（即位の式をあげずに政務をとる）し、さらに子どもの草壁皇子が没すると即位し、孫の文武天皇が即位するまで、天皇の位にとどまっていた。古代史のなかの屈指の女丈夫である。

連れ合いはそういうタイプではないが、家の中心にいたことは間違いない。いうまでもなく「持統天皇」は比喩であり、愛称のつもりであった。出張も多く、短歌の仕事も少なからずあった。どうしても帰るのが遅くなる。すると、当然、起きて待ってはいられない。そこでこういう一首になったのである。

多分、持統天皇という名前がつよく響いたのであろう。取り上げてくれる方も多かった。吉野へ逃げた壬申の乱のことを、「旅」に滲ませたつもりだが、そんなことはあまり鑑賞されなかった。当然だろう。この一首は連れ合いにひどく評判が悪い。いい迷惑である、自分の都合で遅いのに、非難しているように見えると。

枇杷ふとりゆるらにふとり金色の雨をうけつつしずかに灯る

『怪鳥の尾』

自分の作品を眺めていると、家族詠が圧倒的に多い。といって季節の移りかわりや草花に興味がないわけではない。かぎられた自然しか都会には存在しないことも、ついつい視線が偏ってしまう理由なのだろう。

ある時期から散歩をするようになった。隅田川沿いや、貯木場だった跡地の公園を歩くことがある。もちろん、町中をぬけて目的地にゆくのだが、ときおり路傍に枇杷の木を見る。日陰でも育つといわれるように、結構、大きく成長し、実をつける。ごみごみした下町の家蔭に、人知れず実っている枇杷。いいなあと思い仰ぐことがたびたびあった。

明るい夏の雨。初句二句あたりに、私なりに工夫した記憶がある。だれも見向きもしないのに、枇杷は頑張っているのではないか。余分な感想かもしれないが、そういう激励の気分がある。一度、手を伸ばして捥いでみた。酸っぱくて食べられた代物ではなかった。都会の枇杷は眺めるものなのである。

自歌自注

雲払う風のコスモス街道に母の手をひく母は

わが母

『本所両国』

いつぐらいからだろうか。母に老いの兆候がみえはじめたのは。八十歳半ばまでは、とても元気だった。しかし、それは続かなかった。少しずつ変調をきたしてきた。同居していたので、連れ合いの苦労は絶えることがなかった。八十九歳で亡くなったのだが、最後の一年は大変だった。

この一首は、まだ旅行の出来るころの作品である。背景には次のような事件があった。夏の終わりに、母と義母を連れ、草津温泉に行ったことがある。ところが坂道で母が転び、顔面を強打し、前歯を折ってしまった。医者に連れて行くなどてんやわんやになってしまった。だから「手をひく」は実景なのである。そのとき、それまで意識していなかった母の老いをつくづく実感した。そして、こういうことが多くなるだろうなと思った。

坂道を転がるように、ガクッと変化することがある。急に衰えることがある。結句は、覚悟のような気持ちを表したかった。連れ合いにけたいしてやらなかったのにと揶揄されるのだが……。

小高賢代表歌三〇〇首

日高堯子選

『耳の伝説』

塵かすかつきたる眼鏡冬の陽に見て来しもののよごれふきとる

一族がレンズにならぶ墓石のかたわらに立つ母を囲みて

的大き兄のミットに投げこみし健康印の軟球《ボール》はいずこ

夜のそこいに沈みゆくごと風聞けば父の巨きな耳の伝説

青き葉を卓に並べるさびしきかな子はあきないを知りはじめたり

編集者《エディター》よりわれに還りて父となる夕べの道をゆく迷い猫

責任校了のむらさきの印おす夜更け編集室にわれひとりなる

仰向けになりておもえりわが年齢《とし》に父はいかなる夕日を見しや

冬の貌うかべてすわる乗客にわれまた暗き顔とみられん

洋燈《ランプ》のことそのいくばくの明るさの近代の夜を子は問うている

ほたほたと銀杏はおちて幼子の言語のひとつ今朝あらたまる

眠る子の掌のひらあわくにぎられし夢はいつまでゆめであれかし

母狩の山に雪降り母狩を見つつ老いゆく村の媼《おうな》は

秋である。やさしさだけがほしくなりロシア紅茶にジャムを沈める

ゆっくりと菊人形の義経の顔を伝わる一筋の雨

武士《もののふ》の家族におよぶ流布本の今夜よりすすむ敗残の章

縁のうすき葬りをおえてポケットの死のあいさつの捨てられにける

妻と子は小さな闇を分かちおりわれひとり寝ぬる場所をのこして

酔いて帰れば三和土《たたき》の子等の汚れたる運動靴の意外に大き

冬枯れの銀杏稲荷に鴉なきじわじわじわと父は死にけり

失いし刻を再生装置《テープ》はまわしけり亡き父の声にぶく笑えり

会議終わりしあとの目にしむ夏空は壮年のランボー行きしアフリカ

昼の月われは羞じらうごときかな子を連れ降《くだ》る上野の山を

いもうとの手をひき吾子はつばくろの巣を見にゆきしかな雨の朝《あした》に

われと妻のあわいにひくく沁むバッハヴァイオリンソナタ顫音の夜

耳を抜けて夕光に消ゆああ戦後ばくだんあられはじける音は

点滴をうちつつ眠る子のほほの小夜すぎてやや夜を赤味す

父の忌のゆうやみつもる母の部屋動かぬ時計ひとつ置かれて

漱石は四十九にて死す家・妻と「則天去私」の狭間に揺れつつ

家の闇きりひらきたる芍薬を眠りのきわにおもい浮べぬ

あきないについになじめず死にし父の気質の瘤をひきつぐわれか

『家長』

六尺の宙宇におのが丈以上ゆめ語りたる子規は羨しき

さくら降る園より戻り子の腰や肩に濃くなるおのこの血潮

ついにわれ孤りとなりてたちつくす会議おわりの灯くらしも

いいかえす気力も萎えて企画ひとつ曝されしまま会議おわりぬ

うらがえしに洗う太郎の肩の骨いつしかかかる男のかたち

よわき子が夜のあわいに忽然ときびしく妻の非をなじりたり

擬態して生きんとしたる昆虫のみじかきいのち子に教えおり

職階とは端的なれど地位に応じ椅子のかたちの異なるをいう

たったひとりの反乱と噂されたる会議の果てのわれの佶屈

ささくれのごときいさかいに眠られず妻をおこしてさらに怒れり

「口惜しくないか」などと子を責める妻の鋭《と》き声われにも至る

夜の街に秋の雨来る「それから」の光る神経の叢《むら》めぐるまに

妻という鬱の塊り発語せず一日こもればくろく膨らむ

死ぬまでの跡をつぶさにたどるとき文豪もまた妻子に苦しむ

管理される蟻もあらんや山茶花の根もと拡がる蟻の王国

おりおりに娘の描きたる父われの貌笑わぬはいつのときより

つねに敗者の立場に立ちし言説をいやしきものとこの頃おもう

雨にうたれ戻りし居間の父という場所に座れば父になりゆく

暮れなずむ土手に影おき知るかぎりの歌うたいゆく妻と二人子

あかぐろきレバーのごとき重たさをからだの芯に秘めて帰り来

息かけてレンズ拭えばたちかえる亡父《ちち》の柩の安老眼鏡

電気毛布というぬくもりにつつまれて子はずっと子であることもなし

春の気配におみなの匂い放つ子のからだ抱けばほどき逃げゆく

こころさわがす敵《ライバル》こころの隅に置き冬の苺に夜をいこえり
ひとの死を発端としてそののちを議題となせり朝の会議は
端的にいわば一生《ひとよ》はぐにゃぐにゃの赤子のからだ罅《ひび》入るまでか
ながき戦後の末に生まれし娘は野よりびんぼう花をつみて戻りし
帰りきて夜の雛壇にまむかえば折れてわが影緋の階をなす
街ぬけて憩えば夏の陽はあかく勝鬨橋を染みてしずみぬ
鷗外の口ひげにみる不機嫌な明治の家長はわれらにとおき
父たちの戦後の夢を一度ならず否定してきていまはかなしむ
家族論――その父の座に漱石もわれもすわりぬ日日不機嫌に
眠りえぬわれなぐさむる音楽もはてて従う妻の寝息に

カツカレー食いてゆくなる子の明日の流水算の解法のすべ

暴力は家庭の骨子——子を打ちて妻を怒鳴りて日日を統べいる

『太郎坂』

家中のもののあり処は妻病めばいっさい謎のごとく暗みぬ

労働という逃げ道をつくるわれ妻は憎むにあらずも、しかし

世紀末都市東京はかぎりなく地球空洞説にちかづく

子の運ぶ幾何難問をあざやかに解くわれ一夜かぎりの麒麟

——鬼界ガ島を訪ねた

冬空を抜きて来りし冬薩摩日はくれないに波を染めたり

言葉つくして重ね語れどたたかいを子はファミコンのなかで受け止む

かくまでに子をめくらますファミコンに対いてみたり真夜ひとりにて

考えてみれば時間はわがのちものっぺらぼうにつづきいるべし

柿の実の空に点《とも》ればかわくほど甘味ほしかりし疎開の戦後

わが家の持統天皇　旅を終え帰りてみればすでに寝ねたり

旅の身をまなこにいやすみちのくの小さき林檎はいろづきにけり

胃の弱きなげき親しも日を継ぎて車中にひらく寺田寅彦

子は眠り妻寝につけばきりぎしの明日《あす》はげめよとグスタフ・マーラー

攻めきたる熱なだめつつ臥すわれの夜は人生晩期のおもい

かすかなれど甘き香はなちくる若き看護婦《ナース》と愛にとおき挨拶

諳んずる娘の英単語夜の端よりあまき香りをおびて聞こえ来《く》

うまきものただ列挙して敗戦に涙の見えぬ荷風の日記

――『芭蕉の門人』を読む

ややにがくなつかしき語よ「門人」は「弟子」と異なる香りを放つ

ひとつこと守りつづけよ中仕切りの齢は椿のごとはげしけれ

つくづくと検《み》ればかなしも娘の国語偏差値山の頂きに住む

ポケットより消しゴム出ずるひとつのみならずもうひとつひそむ不可思議

咲くまでの時間《とき》のかそけさ寒あけの梅のつぼみにひかりは絡む

4Bの芯折れしより女歌論はつまずくおみなとはなに

わが論の末尾の近くあかあかと鋭きいっぽんの鷹の爪おく

――トロワイヤの伝記を読んだ

壮りこえ娶りしアントン・チェーホフの妻にかけたるゆめあわれなり

死のなかにいのちひめたる冬の種子十粒ほどのあしたたのしむ

『怪鳥の尾』

うちふかくいとう名多しいわざればそのおおかたを妻は知らざり

気がつけばつとめに出でぬ生活を想うことあり雨降る夜など

ひとたびも降りたつことのなき駅をいくつもよぎり来たる鎌倉

ひとの世の推移うつして草土手にたれか往きたる跡はつづきぬ

江ノ電の腰越あたりおとうとのくやしき眼には海はまぶしき

切絵図の水神の森ひたひたと江戸の上げ潮寄せくるところ

靄のなか頼朝橋はこのあたり舗装の道の行き止まるまで

波に乗るその無理のなき生き方に真鴨は冬を耐えるのだろう

ものいえばにがさは甦るしかすがに身にそなわりしいいつのる癖

老いをうれい病いをなげく忘瓦亭われの齢《よわい》はそこに近づく

枕もとにラジオを運びはやく寝む母のさびしさ雪の降る夜

山姥の素質ゆたけき妻寝ねて正体不明の声発したる

娘と妻はいさかいながらもどり来ぬ洋服購いて春の街より

まおとめの婚をおもわせ春の夜の真中にほかりはくれんほかり

暗道《くらみち》に梅はこぼれて嬰児《おさなご》の蹠《あなうら》つづくごとくひかりぬ

しっくいを埋めるごとく楷書もて宛て先を書き終える詫び状

出張のいとまなれども眼は快楽《けらく》　菜の花萌ゆるそらみつやまと

大ざるに卵など添え午後からの会議にそなう黄身こそ力

ひきだしのおくより出ずるメモひとつその断片に過去けぶりたつ

コード一七七三〇とわれの身は刻印さるる勤めるかぎり

ビル出でてそのまま夜に融ける身に正直者の春の満月

枇杷ふとりゆるらにふとり金色の雨をうけつつしずかに灯る

「富士山だ」乗りあわす子の声きけば一気になごむ「ひかり」の空気

川に来ていとま愛《おし》みぬ午後三時はやうす月のうかぶ中空

わが怒りはこらえきれざり身のうちを奔る八万四千匹の虫

家中の誰より先に寝につけば「親父どうした」という声のする

夜の酒場のひかりの線をたえまなく集め艶めく女身というは

——編集者生活も長くなった

ぱらぱらと開くページの小見出しに誤植のわらう新刊見本

しおりひも花切れ見返しすみずみに生《いのち》ふきこむまでのたゆたい

「略歴を百字以内に」かきあげるこの文字数のごときわれかな

鼻の差に敗れたる馬いつまでも夕映えのなか戻りきたらず

若葉から青葉にうつる速度すらおそるるばかり壮り去りゆく

煉炭の灰まかれたるぬかるみも消しがたくある記憶のひとつ

世紀末の夜に死を待つ同僚の視野に怪鳥《けちょう》の尾はよぎるとぞ

死はすでに除籍と替わり各部署へひらひら紙のファックスとどく

男壮《おざか》りを遺す写真に病室が戦場と化すまえのほほえみ

――経営企画室長。友人の最後の職責である

ボロボロの白骨これが夜を徹し社の行く末を論じたる骨

水面をひたりととじるごとくして同僚の死の痕なき組織

祝日にかかげる家の稀にして疲れてさむし日本の国旗

年齢《とし》を経たおとこの殻のごとくして剛《こわ》くなりゆくひげ・つめ・かかと

春の素水《さみず》くぼみにあふれひやひやと流るるごとし娘は十五歳

「おう」という意味不明なる音吐けるもみあげの濃きわれの長男

ひとの眼にさらされて閉じまた開く黒き鞄はふかく疲労す

夜ふかくわが身うちよりぞろぞろときみは見えぬか蟲のいずるを

風邪に臥すわれをのぞきに来たる娘が小鳥のごとき声おきてゆく

『本所両国』

春一番やみてしじまは届きたり深き眠りにかたわらの妻

生きるのがやや重くなり水紋の生れては消ゆる川面に見入る

陽を返す匕首に似て背後より死に体だぜとささやきとどく

めす犬に鼻をよせられわが犬が尾をまき逃げるくちおしきかな

待つという時間のふえてお茶の水聖橋下蟬しぐれする

敗戦の日に死にたりき被爆者のひとりでありし丸山眞男

六月の雨をまとめて四万十川《しまんと》は人肌のごとあなやわらかし

若鳥のさえずりに似て娘の友の名はあや、しおり、まい、あい、さゆり

「敗北の文学」というパラダイム分かりよすぎるその嘘くささ

蔓の先に朝顔ひらき靄のなかむらさき澄みてゆける日曜

——深川高橋に「伊せ喜」という店がある

一合の酒をはさみてただ一度父とふたりのどぜう丸鍋

——母を連れた旅

雲払う風のコスモス街道に母の手をひく母はわが母

蒸しかえす議案もあればかたちなきほどに煮込まれ消ゆる論あり

敗れたる社内戦争のみなそこに裏切りふかく沈みかくるる

三百六十五の昼と夜ありつらき夜の数ふやしつつ年齢《とし》ひとつ積む

すれちがう左も右も気に入らぬもういいそっとまなこおやすみ

この「その」は何を指すのか受験期の娘《こ》にただざるるわれの時評は

娘《こ》に買いしケーキを膝にねむるほど存在としての父ははかなし

日にいくどてのひら洗う壮年の生きる脂のにじみ来たれば

憂鬱のよこたうような藤房はこころを風に隠しゆらゆら

居直りをきみは厭えど組織では居直る覚悟なければ負ける

食卓にぽつり置かれぬ「父の日」のユンケルローヤル黄帝液は

宇品より船はいでゆきはつ秋の島の鼻すぎ間なく消えたり

八紘《はっこう》という名の友ありて勝義という同僚《とも》のありわが同世代

「海ゆかば」流るる午後の遊就館死者の匂いは濃くたちこめる

探し物しているごとき紋白蝶《もんしろ》が鳥居よぎりて浮く九段坂

鳴き終わりすなわちそこは死ぬる場所簡潔なりき虫の一生《ひとよ》は

世界呑むごとき休みの大あくび昼寝のつづく娘《こ》の春うらら

手や足のかくのびのびとそだつ娘の「いやになるぜ」などいうのもおかし

「まもなく」のアナウンスあり「まもなく」は電車にあらず背向《そがい》より来る

身体《からだ》が悲鳴あぐる夜なりあたためるほかに手だてのなき年齢《とし》の来て

おし黙る時間《とき》増えて来し母の手の編み出《い》だしたる長きマフラー

ぎこちなくネクタイを締め出ずる子のわれなくしたる朝の緊張

ポール・ニザンなんていうから笑われる娘のペディキュアはしろがねの星

『液状化』

月光がひときわ明かく路地に差し家族のかこむ食卓の見ゆ

路地に生《あ》れ路地を出でざる生《せい》に従く羨しかれどもわれは選べず

「男とはおおいなる虚《ほら》」「人生はかなしみの舟」なんていいつつ

父として座る一刻　医師のまえ子の病状の説明を聞く

励ましてすすめる手術黙し聞く子よりも励まされたきはわれ

みんみんが希望のごとくなきはじむ太郎ひとりに万の祈りを

秋めきてわが脚のばす清洲橋はるかなるものばかり見る夜半

通勤という時間もおもしろい

声わかき今朝の車掌はよく聞けばかすかなれどもみちのくなまり

読みおえてかなしくなりぬ歌集『家』河野裕子に似合わざる老い

手をかけし水仙なれば玄関に居間にトイレに置きたり妻は

職を退く決意はあれどそののちの一日一日の細部は見えぬ

夕日から長い腕《かいな》の伸びてきてわずかにのこる柿に触れたり

食卓に昼間の母の不始末の一部始終を黙し聞くのみ

電話する声の洩れくる母の部屋笑いまじればひそかにうれし

ふと立ちて棚の『〈子供〉の誕生』を繰ればわが手の書き込みありき

せいねんの太郎にかける妻の呪文「ヤセネバモテテヌモテテヌハツライ」

雲を見て雲の盛衰思うなどまだ青臭いわれに苦笑す

卒業のむすめの晴れ着鴨居から雛《ひいな》のようにほのあかりして

いもうとの病い生きゆく限界に来たると妻は帰りきて泣く

あきらかに主役の変わる一瞬をしりぞく側になりきり見つむ

うどん食みたちまち昼寝　液状化すすむ身体《からだ》の連休初日

身体に死を嵌め込まれたるいもうとのほほに紅刷き唇にべにさす

ありふれた骨かもしれぬしかしわが見つめる骨はいもうとなりし

この母はわが母なれば絶対の非はわれにあり妻にむかいて

月の夜は路地明るくてひとりずつ消えるうしろの正面に母

母老いてそこより見ゆるわが町はあさにゆうべに老いばかりなり

棒に振る一生《ひとよ》などなし水飲みてうつつにかえる母を見守る

掛け蒲団ととのえ母の一日の戸を閉《さ》し妻は夜に手渡す

横抱きにしてベッドまで運ぶ母野菜に近き軽さなりけり

母の身を洗える妻の声聞けばかなしくなりぬ「足を開いて」

もう母に一言もなし下町に青春謳歌せしねむり姫

しらじらとしたる疲労が流氷のように時代を囲み滲《し》みいず

空《くう》というものの輪郭犬なれど《愛称をロクといった》逝きて四、五日色濃くのこる

このあたりにサリン撒きしと指す野原ただ夏草は陽を浴びいたり

花ひとつ窓辺に飾ることあらば歯止めになりしかポアの論理も

わが書架の右上奥の『資本論』位牌のごとく座り動かぬ

ニッポンという把握から意識して離《さか》りささくれ爪を切る夜

今日一日踏みとどまりしいのちなり声かけ母の病室を出る

二〇〇二・九・三〇

子孝行といわれかなしき入院後ひとつきほどで逝き果てし母

脈らくもなく夜ふかくいくたびもうなずくばかりの亡き母と遇う

柿紅葉いちょう黄葉の空に映え母の逝きたる秋と記憶す

煮魚をほぐせるうちにしみいずる母の記憶はわれを泣かしむ

墓石を洗えば父の戒名がおずおずとして世にあらわるる

編集者生活を終えた（二〇〇三年二月）

職棄つるすなわち職に棄てらるる切刃のごとき風はせめ来ぬ

いいがたき感慨かかえ職退けど今日も定時に目覚めてしまう

わが裡にわずかなれども顫えたる箇所は今後も妻にはいわじ

消え方に美醜のありて惹かるるはいつしか鳴かぬ虫の死に方

『眼中の人』

——丸山眞男先生の墓は十八区、霊園のいちばん奥だった

うらわかき恋に骨格あるころの岩波新書『日本の思想』

一礼し手を合わせつつ退職の経緯を告げてまた礼をする

みなそこに似たほのぐらさときとしてひとの哭く声とどく七階

正念場なれどもしかしこれからは踏みごたえなき沼かもしれぬ

かきあげに卵をおとし箸をわる立ち食い蕎麦の秋の夕暮れ

陽に乾した布団にもぐり「極楽」とことばを発す　父に似てきた

のんびりと路地を行きかいいつのまに世間に忘れらるる生き方

日曜にむすめが居間にいるだけで家は渋谷のようなざわめき

パンを焼く香り流れて退職後ふたたび出会う春ののどけさ

午後の陽の来る仕事部屋ラジオから休めねむれとつぶやくサティ

だれからも電話かからぬさびしいぞさびしいぞ今日彼岸入りなり

さりげなくわが背《せな》を押しこそばゆし夢のもつれのような春風

天寿といわれなぐさめあれど母という唯一の生なくしたる妻

ボランティアにはげむ青年入信前彼らはだれも「いい人」なりき

親としての松本智津夫はじめての子を抱きたる笑顔はいずこ

頭上には今年のさくらひらきおり齢《よわい》ふかまりくろずむ木肌

かなかなの降るはかなしき死の前の母のベッドに聞きしかなかな

先生と呼ばれにわかに気はずかし授業終わりの質問待てば

おおさむといいて駆けだす半ズボンの小学生の脚の長さよ

干し物が並び暮らしのしずく落つ魯迅旧居はこの路地の奥

——諸法無我

われという容器に生きて逃れえぬ独生独死独去独来

働きし一万余日ふりむけばにわかに動く傷もつ過去は

さりげなく後ずさりする選択に大いに味方する冬の雲

くろぐろとせる群衆が壁のごと迫りくる夢ちかごろは見ぬ

――私たちは長谷部文雄訳だった

感傷といわれるだろう『資本論』第一巻の新訳買えば

――訳語がちがう

フェティッシュ的性格という新訳は落ち着かざりき思《も》えどむなしき

無味無臭無欲恬淡老境を花に比するにやや無理がある

たのしくもなき一万歩　宿題を済ましたる子を褒むるごとき妻

もう一歩出ればよかったとりかえしつくもつかぬも辛夷は散りて

旗たてて出征祝う映像のなかに父置きわれ置きてみる

ふるさとと呼ぶは東京下町の横十間川の辺《へ》のさるすべり

仏壇の父母の写真を今夜よりやや近づけて並び直せり

世界なる視点から逃げ〈家族〉から〈われ〉に収縮つづけ生き来し

「欲しいものないか」と子らのメールきて父の日の朝「ない」と応える

あとがきにわが名のありし箱入りの古書価たしかめ棚に戻しぬ

ひとりごと置きて妻行きひとりごと残されたまま居間にいすわる

指し示す向こうが蔵王けぶれども一途にわれらおもい描きぬ

曼珠沙華朽ちる戦後の生きがたさ父は言葉を残さず逝きぬ

ある歳《とし》を過ぎれば見えてくるもののあるといわれきし言われてながし

『長夜集』

くぐもりし近藤さんの声の降る学士会館の夜の理事会

『早春歌』よりはじまりし戦後かな『岐路』『岐路以後』に滲むむなしさ

母がその生《いのち》焉りし病院を自転車は避け道曲りたる

仏壇の前に坐れば「久しぶり」という顔つきの母のほほえみ

生きることまこと拙き子の途にふれつつ妻の夜のひとりごと

――山本周五郎

『ながい坂』読みおえし夜平凡な妻の寝息よ平凡はよし

子の二人戻りたる家の週末を膨らませたり冬の灯りは

東京の上着なじまぬおのこらがむすっと生えてざわざわ群れる

教室の午後見まわせば学生に老い仰ぎ見る気配のありぬ

焚き火から火鉢に火箸火吹き竹人肌に似た火を忘れざれ

剣が峰かもしれないが腰おとしぐぐっとしのぐそのうちそのうち

憎むこと少なくなりぬ壮年のあぶらのようなものの失せるや

妻とわれ黙しみつむる幼子の破顔はとおきわが子の笑い

水でっぽうにいくたび死にし子の夏をとおく眺めるようにいう妻

孫の手を牽く六十歳《ろくじゅう》の升《のぼ》さんに「短歌滅亡論」を聞きたし

待つことのふえたるわれは待つ人の顔などながめ往来に待つ

老いに従き墓参りする一家族よき風景に秋日が似合う

社会主義をスルーしている争論は足腰弱し　思えどいわぬ

「死に体」という歌柄あればおのずからわれら世代の背中が浮かぶ

千年も待っていたぞとみちのくの雲は背伸びし両手拡げる
――久しぶりの旅

積み上げし書籍片付け新領地拡げうれしくまた本を置く

平凡で普通がいいとくりかえしいうわが子なりそれもかなしい

父母《ちちはは》の背《せな》の小ささたわしにて水かけ磨く墓うらおもて

いくつぐらいまで生きたいのかと聞かれたり娘の何気なき率直な問い

放下するところまでゆく空想はわずかなれどもわれにあたらし

ひとに倦みひとを避けつつおたがいの痼疾ふれざる淡きあいさつ

現役を退《ひ》いていながら役職の順につづきぬ焼香の列

構文のカードとなりに繰る少女　指まだほそし春は純粋

鍋をもち豆腐屋を待つ　夕暮れはむかしラッパの裾ひきて来し

むすめから妻は叱られダメ押しもされてうなずく娘《こ》の帰り際

「アララギ」にその例多し一門や師友とたもとわかつ詩歌史

大臼歯衰えはてて抜かれたり噛みしめ噛みしめたりしくやしさ

ワイシャツの真白き袖の交差して神保町も春となりけり

不都合な記憶消したる都合よき記憶も消えて死んでしまいぬ

父母はすでにこの世にいまさねば夜つめを切るはばからず切る

数十のちびた鉛筆　棄てられぬ妻みずからを叱り　捨てざる

いきるとは生きのびること　大石をさけ小石蹴り生きのびること

さばしりて逝きたる子規や啄木をことさらすがしと思うもあわれ

食べるにも眠るにもいる体力は食べて眠れどあわれ戻らぬ

数万の蟬のなきごえ数百万の死者の哭き声　八月すぎる

死者ふたり療養ひとり生きのびる同期八人杯を干す

老眼鏡かけておみくじ読む小島ゆかりの一首　さびしい秋だ
駅前のティッシュ配りのおみなごに「お疲れさん」といわれ渡さる

Profile
ひたか　たかこ　１９４５年生まれ。歌人、「かりん」所属。千葉県歌人クラブ理事。歌集『野の扉』『睡蓮記』他。評論集『山上のコスモロジー――前登志夫論』他。

♪小高賢論♬

第二次マージナルマンの歌

——六十代とは何か

——小高賢歌集『長夜集』評——

伊藤一彦

『長夜集』は小高賢の第八歌集である。六十代前半の作を収めている。「あとがき」の冒頭に次のように書かれている。

編集者を辞めてそれなりの年月が経過した。この間、自分は何をやってきたのだろう。

一週間の大半を仕事場のある神保町で過ごす。昼には、街を歩き新本・古本を買い漁り、昼寝のかたわら好きな伝記や時代小説を読みふける、そこに古い映画の鑑賞が加わる。非常勤の講義で、就活に苦しむ学生に、一所懸命、漱石のすごさを語り、出版不況に苦しむ後輩編集者を、「夜はかならず明けるから」などといい、ビールとともに夜おそくまで激励する。そんなことにも少なからず時間をつかってきた。

退職後をまことに充実し、愉しそうではないか。自分も喜びを味わい、人のためにも貢献している。その『長夜集』にこんな一首がある。

足許に矮鶏《ちゃぼ》を遊ばす死ぬ前の三四二の歳《とし》はわが今の年齢《とし》

『鎮守』の詞書があり、言うまでもなく上田三四二を思っている一首である。小高賢の『この一身は努めたり――上田三四二の生と文学』は奥の深くて良い本だった。その中に「『上田三四二全歌集』の年譜を見ていると、いかに病に取りつかれた一生だったか、あらためて驚く。もちろん二度の癌ということは、よく知られている。しかし、それだけではない」と書き、上田三四二の十歳の時から六十五歳で死去するまでの数々の病歴を写し、次のように述べていた。

書き写しているだけで、病との壮絶な闘いを実感する。しかし、怯むことなく病気に立ち向かったものだと、つくづく思う。こういうなかで、短歌を、小説を、評論を、そして膨大なエッセイを残している。上田三四二の享年にだんだん近づいている私は、よけい驚嘆する。病に弱い私は、逆立ちしても太刀打ちできそうもない。

上田三四二と比べて小高賢は自分が「病に弱い」と書いている。はたして病に弱くない者がいるだろうか。上田三四二もそもそも病に弱かった（そこに上田文学が生れたはずである）。だが、病とともに生きざるを得なかった。病に弱いと言っておられなかった。そして、病に強くならざるを得なかったのだと思う。

小高賢が「病に弱い私」と書いているのは、想像するに（実際を知らないので）一つは病らしい病を経験していないからではないかと思う。もちろん、近親者や知人の苦しい闘病生活や最期は彼も目で見てきたであろう。そして、彼の鋭い感受性は病も死も自らのことのように感じてきたにちがいない。そして、そのことが病に対する恐怖や不安の心を抱かせるということもあったろう。

『長夜集』を読んで、病気の歌、身体不調の歌が一首もないことに私は感じ入っている。だから、先ほどのような充実して愉しい生活ができるのだ。

　大臼歯衰えはてて抜かれたり噛みしめ噛みしめたりしくやしさ

　背や肩の線が崩れているという一刀断ちに妻の批評は

　「ユルシテクレ」「モウシマセン」と身体が悲鳴をあげる夜のストレッチ

『長夜集』の中で自らの身体について歌った作品はこれくらいしかないが、歯を抜かれたりとか、背や肩の線が崩れたとか、五十代六十代でもっと大病に苦しんでいる者からすれば何ほどのことでもない内容の歌だろう。たいした「悲鳴」ではないのだ。そして同期や同年代の友を歌った作が『長夜集』には多い。

　会うたびに病をふやし肩腰に膝の痛みも加う友どち

　「脳にまで……」メールつぶさに手術後の食道癌の転移するまで

　四人目の同期の癌死まだ硬きさくらのつぼみ見つつ往く通夜

遠からず世を去る背のあとにつき焼香をまつ三列に待つ
「あれ、まさか」前の背に浮くおとろえに粛然として焼香に並む

真率な文体で歌われたこれらの作品が心にしみる（私も同年代の一人だ）。友人はつぎつぎ病気になり、癌などによって亡くなる者も出てくる。だが、「病に弱い」という小高賢は歌集で見るかぎり息災らしい。それは「病に弱い」自覚を持っているぶん健康に十分に気をつけているからだろう。（三年前だったか、「今年の一冊」に中井久夫著『臨床瑣談』を彼があげていたことをいま思い出した。これは自他の健康と病気について有意義で面白い本であり、こういう本に関心をむけるのも彼の健康意識だろう）。

六十代の人間は周りからどう見られているか。青年から見れば、もちろん老人である。四十代、五十代の中年から見ればどうか。自分たちと一緒にしないでほしいという老人の部類である。七十代、八十代以上から見ればどうか。まだ若い人たち、男ざかり、女ざかりであり、老人などではない。老人と見られたり見られなかったり、アイデンティティを持ちにくい。ただし、それは大した病なく、やや身体が衰えてきているにしても、若い時とほぼ同じような健康を保持している人に限られる話と言えよう。六十代であっても、すでに中年期に大病を体験しているとか、現在ある重病にかかっているとかの場合には、上田三四二がそうであったように、急速に老いの意識を濃くし、死生観を深めていくことになる。

人間の一生について、乳児期・幼児期・児童期・青年期・成人期・老年期という分け方が古くからなされてきた。その中で長寿社会の到来とともに伸長された老年期は未知のことが多いのである（書店に老年をめぐる本がいかに多いか。老年期を知りたい老人・非老人が増えている）。まず、いつからを老年とするか。前期高齢者となる六十五歳からか、後期高齢者となる七十五歳からか。いや、老年期の来ない人もあるか（馬場あき子さんを「老人」と思っている人がいるだろうか）。

青年のことをマージナルマンすなわち境界人とも呼ぶ。レヴィンの説だ。子どもから大人への過渡期の、境界にある者という意味である。子どもの世界から除外され、大人の世界から疎外される、不安定な存在として理解されている。「もう子どもではないのだから」と言われると同時に、一方では「まだ子どものくせに」とも言われる。私は六十代は第二次マージナルマンではないかという新説を主張している。その最も適切な例として実は『長夜集』を読んだのである。

六十歳代の半ば近づく実感を撓め生きれば子に労わ
らる
孫の有無問わるることの多くなり「お詫び」のよう
に首《こうべ》を下げる
晩年は見ざる聞かざる言わざるにつくことにする
とはいえざれど
剣が峰かもしれないが腰おとしぐぐっとしのぐその
うちそのうち
穏やかな年《と》齢《し》迎えたし病なくよき友あればほかは
……いえない
笑い声まじえ蕎麦屋の昼酒にはやばやと頬そめる老
いびと

子どもからは労わられるべき老人として扱われ、周りからは当り前のごとく孫に目がない爺ちゃんとして接される。だが、本人は晩年はまだ遠い先のことであり、まだ老人以前の気持で若々しく剣が峰をしのごうとしている。人に言えない欲求も内に熱くひそめ抱いている。昼間から少々の酒に酔っている老いびとと自分は違うと思っているのだ。だが、一方で次のような歌もある。

憎むこと少なくなりぬ壮年のあぶらのようなものの
失せるや

青年とあらそうことに倦みはじめ明治後期の詩文に
あそぶ
食べるにも眠るにもいる体力は食べて眠れどあわれ
戻らぬ
予想通りいかぬ六十歳代はポテンヒットもときにう
れしく
木のことば花のことばに耳を寄せ待つをたのしむ年《と》
齢《し》といわるる
転ぶより加齢はすすみ誤嚥までいたれば淵は目睫《もくしょう》の
間《あい》

一読して分るように、老年を意識している歌である。簡潔に老年を歌って印象に残る右に引用の最後の歌では、老いと死の淵は「目睫の間」と歌っている。第二次マージナルマンの作者は「まだ老人ではない」「もう老人だ」の二つの点の間で揺れ動いている。小高賢の『長夜集』は、六十代という新鮮で未知なる年代をくきやかに歌った一冊として大きな価値を持つ。

そして、六十代とは何かというテーマを、妻の歌がゆたかに彩色しているのがいい。

われと妻に「前期」の老いのはじまれば長く続かぬ
いさかいもまた

夏蜜柑黄金《きん》に彩《いろ》づき日にいくど妻は希望のごとく仰げり

子のふたり妻よりわれの先に逝くことを予定に入れ疑わず

わからざること殖やしつつわからざるまま焉るらん夫婦なるもの

『長夜集』で他にも心惹かれた歌は多い。

ひと切れのことばなくともうなずきが教えになるを成熟という

すずかけの枯れ葉一枚改札をこえてホームに乗りおくれたり

少年の勇気のように彩づきし飯桐の実に手を触れてみる

火の玉になりて泣く子の火の玉を羨しとみつむるまなこ数十

ああ雲は仲間師弟を持たざれば愛想わらいもせずうかびたり

いきるとは生きのびること　大石をさけ小石蹴り生きのびること

手に持ちしコップにいっぱい水を入れそおっと歩くような歳月

嘱目詠を含めて人生詠と読めるところが魅力である。小高賢に「成熟」は遠いだろう（もちろん私にも）。そのことを鋭く優しい武器として彼が歌い続けることを期待している。

（初出「かりん」'11年4月号）

Profile

いとう・かずひこ　1943〜。歌人。歌集『暝鳥記』『海号の歌』、評論集に『あくがれゆく牧水』、共著に『ぼく、牧水！』（界雅人との共著）など著作多数。

♪小高賢論♬

情愛と認識
――『眼中のひと』について――

大辻　隆弘

集中、「はじめての上海」と題された連作がある。中国旅行に取材した全二十首の大きな連作である。そのなかに次の一首がある。

黄濁の大地と河は無言にて賠償放棄したる中国

おそらくこの一首は、長江流域の自然をはじめて見たときの感慨を歌った歌なのだろう。

小高の目には、黄色に濁る大地と長江の水が見える。その広大で悠久な自然は、人間のさかしらな言葉や感傷などとは無縁のようにそこに即自的に存在している。自然は何も語らない。悠久の時間の中で沈黙するだけだ。何も語らないからこそ、小高は、自然の前に、言葉というものに毒された自分の卑小さを感じざるを得ない……。上の句に現れる「無言にて」の一語には、人間の卑小さをはるかに越えたものに対する小高の感動が、素直に吐露されているといってよい。

普通の歌人なら、自然を前にしたこのような感動のなかに自ら浸りきり、その感動のみで一首の歌を下句まで歌い切ろうとするに違いない。が、小高はそうしない。一旦は自然に感動し、没我的な感動に身を浸しながら、彼はすぐにそこから自分の身を引き剝がす。彼は、そこからすぐに「賠償放棄したる中国」に思いを馳せるのである。

国民党を率いた蔣介石は、第二次世界大戦終結後、「以徳報怨」の名言を残して、日本に対する賠償請求権を放棄した。現在では、その蔣介石の行為の背後には、アメリカの意図が働いていたことが明らかになっているが、当時、そのエピソードは、蔣介石の高徳な人格を表現するものとして喧伝された。その後、日本と国交を回復した中華人民共和国も、その方針を踏襲するが、実は、このような日中戦争の中途半端な決着こそが、歴史認識をめぐる日中関係複雑化の要因になってしまっている。有能なエディターでもあった小高はそのような国際事情を熟知しているに違いない。

小高は、広大な中国大陸の自然を前にして、このような複雑な戦後史的な事件を即座に想起する。そこがいかにも小高らしい。小高のなかでは、人間的な時間の尺度を越えた自然の「悠久」と、戦後補償問題という「現代」が、何の矛盾もなくストレートに結びついてしまう。自然に対する没我的な感動が、すぐさま社会科学的な認識に直結してしまう。しかも小高本人は、自分の発想の特異性にまったく気づいていない。何の屈託もなくそれを一首の歌にしてしまう。そこに私は、小高賢という歌人の特質があると思うのである。

このような小高の思想的特質は「はじめての上海」の他の歌にもよく現れている。

旧租界地に行かんとすればいくたびもものを乞う手に遭うはかなしき
子を連れし物乞い女　子は一日五元で借りるが相場なるらし

上海の街角を歩いたとき、物乞いをする親子に出会う。普通なら、その痛ましい姿に、同情心なり、憐憫の情なりをすぐさま抱いてしまうだろう。感動肌の人なら、その親子に小銭を恵んでやるかもしれない。もう少し冷静な人間なら、そのような個人的な善意が本質的な貧困の解決に繋がらないことを自覚し、無力感を感じてしまうかもしれない。

もちろん、そのような同情心や無力感は、小高自身も感じているに違いない。一首めの歌から感じられるのは、そのような貧困の状況を目の当たりにして「かなし」としかいうことのできない自分に対するほろ苦さである。貧困の問題を前に、なす術もない自分を自覚してしまう誠実な小高の姿が、この一首から滲み出てくるようだ。

が、小高はそのような自分の個人的な感情に溺れない。物乞いの背景にあるものを認識しようと努めてしまうのである。

二首めの歌には、そのような小高の認識が顔を出す。物乞いの女は、実は子の本当の母親でない。その女は、通行人の憐みを買うためににせものの「子」を、金でレンタルしてきたのだ。そこには「相場」さえ動いているらしい。母親は、「一日五元」という投資をすることによって、子をレンタルし、その子に同情を買う演技をさせることによって利潤を得ようとしているのだ。人間の情緒に訴える物乞いという行為のなかに、小高は、過酷な市場主義の現実をしかと見つめ、その市場主義がさらなる貧困を生み出してしまうことを見据えている。物乞いをする女に深い同情を感じ、無力感を感じながら、小高は、その背後にある社会構造を見つめることを忘れないのである。私はこのような歌に、ふかぶかとした情愛を胸に抱きながら、その情愛に溺れない小高の冷静な認識眼を感じざるをえない。

しかしながら、なぜ小高は、個人的な情感に溺れようとしないのか。没我的な感動に身を浸すことをみずからに禁じるのか。おそらくそれは、小高のなかに、何か個人を超えたものに向かおうとする志向があるからである。その事情は、次の一首からもうかがえる。

二十歳代《にじゅうだい》ヤマギシ会の無所有は五月の薔薇のまぶしさなりき

小高には、ヤマギシズムをあたかも「五月の薔薇」のように、光り輝くものとして感じた時期があった……。私はこの一首を読んだとき、何か、小高の本質的な思想の秘密に触れたような気がした。

「ヤマギシ会」は、原始共産主義の実現を理念として掲げ、各地に「実顕地」を作り集団農場を経営している思想団体である。彼らは、私有財産を否定し「無所有」を人間社会の究極の理想とする。どこか、白樺派の「新しき村」にも通じるような理想主義の匂いがする思想団体だといってよい。

これは個人的な思い出になるが、私の先輩にヤマギシズムに身を捧げた人がいる。全共闘世代の彼は、既成の左翼や、新左翼運動に違和を感じこの運動に身を投じた、という。運動家になるためにはあまりにも繊細で、ふかぶかとした情愛の持ち主であった。新左翼の運動家として活動するには、あまりにも温和な人柄だったと思う。

もちろん、その先輩と小高を同一視することはできない。が、他者に対する深い情愛を抱くが故に、個人を超えた世界認識や理想を希求せざるを得ない、という思想的な特質は小高にも共通しているように感じられる。没我的な情愛に溺れるにはあまりにも明晰な認識眼を持つ自分。冷徹な認識を貫くにはあまりにも深々とした情愛を持つ自分。おそらく若い小高は、そのような背反する自意識に苦しみながら、自己形成を遂げようとしたのだろう。

この「ヤマギシ会」の一首は、「『いい人』なりき」の一連のなかに登場してくる歌である。この連作のなかで小高は、オウム事件の本質を執拗に追求している。「いい人」であった若者たちが、なぜオウム真理教に惹かれていったのか。小高はその問題を何度も何度も考え続けてゆく。そこには、オウムの出家者のなかに若き日の自分の姿を見つめようとする意識があるに違いない。オウム事件という社会的事象の認識から、自分を確認しようとする小高の思想的な特質はこの一連でも十二分に発揮されているといってよい。

　またこの時期、小高は新訳の『資本論』を読破したらしい。その時の感慨を次のように歌っている。

フェティッシュ的性格という新訳は落ち着かざりき思《も》えどむなしき

アフリカやアジアはあれどマルクスにイスラム圏の記述は見えず

かつて自分が慣れ親しんだ「物神崇拝」という訳語が、新訳本では「フェティッシュ的性格」という、いかにもポストモダン的な匂いがする訳語に変えられている。十九世紀末のマルクスの世界認識のなかにはイスラムは入っていなかったという事実に改めて気づく……。小高はここでも、自分の思想的来歴を、マルクスを読み直すという社会学的な行為によって確かめようとしているといってよい。

　深い情愛を抱きながら、常に社会的な認識を忘れない歌人。自分という存在を常に社会や歴史といったものとの相関において捉える歌人。既刊の六歌集において小高は、そのような特殊な歌人像をみずから作り上げてきた。小高に寄せられる信頼は、その歌人像に向けられていたといってよい。この『眼中のひと』も、そのような世人の信頼を裏切らない。むしろ、小高の歌人像はよりいっそう厚みを増している、といってよい。私はそのことに対して深い敬意を示したいと思う。

　が、私自身の本音を言えば、いままで例示してきた歌はどこかで短歌の本質的な美というものを犠牲にしている、と感じられてならない。その感覚は、集中の次のような歌を読むとき、よりいっそう強くなる。それは、半ば私の個人的な嗜好に由来するものであって、如何ともしがたいのである。

『杜牧詩集』数編読みて灯をおとす空濛なりし一日のおわり

あじさいの鞠彩づけば東京の夜の空気は濃く微雨を待つ

みなそこに似たほのぐらさときとしてひとの哭く声とどく七階

晩唐のおだやかな自然詩人の詩を読んで眠りにつこう

とする一首め。紫陽花の色彩の変化のなかに雨の気配を感じる二首目。マンションの階下から聞こえる泣き声に水底のような静寂を感じる三首め。これらの歌には、世界全体を一挙に認識しようとする小高の姿はない。ここにあるのは、世界の微小な断片だけである。短歌で歌いうる微小なものだけに焦点を当てたつつましさ。そういったものを感じる歌々だ。

が、これらの歌が魅力的なのは、そのような題材によるものではない。一首めの歌における「灯をおとす」という細やかな措辞と、「空濛」という漢語の対比の間に生まれる言葉の感触の差異。二首めの歌における「鞦」という比喩や、「濃く微雨を待つ」というかすかな違和を感じる言葉の斡旋。三首めの歌におけるナ行音や、オ段音の交響とそれがもたらす韻律的な快感。これらの歌にはそのような言語の手触りのようなもの。私たちが歌に感応している瞬間には、実はそのような、はっきりとは言語化できない、概念化できない体感のようなものが生動しているにちがいない。

小高は事あるごとに、自分は短歌に向かない人間だ、といったようなことを言う。もちろん、そこには彼なりの含羞と謙遜があるのだろうが、実は小高の歌は、すでに短歌の短歌たるの深い奥義に触れていると私は思う。僭越な言い方になるかもしれないが、小高はすでに自分が思っている以上に「うまい歌びと」なのだ。その事実に対して自覚的になることは、小高にとって決して、恥辱にはならないだろうと思う。

（初出「かりん」'08年3月号）

Profile
おおつじ・たかひろ　1960〜。歌人。歌集『水廊』『デプス』、評論集に『子規への溯行』、『アララギの脊梁』、評伝に『岡井隆と初期未来』など。

♪小高賢論♬

東京

栗木　京子

　小高賢は一九四四（昭和十九）年生まれ。現在まで六冊の歌集を刊行している。彼の歌集を読んでいると、いつも作品の背後からなつかしい風が吹いて来るような感じを受ける。どこか記憶の深いところをくすぐられるような感覚。幼い頃に父母や祖父母から聞いた明治、大正時代の話、昭和の戦前の話などが、ほどよい体温をともなってよみがえってくる気がするのである。

　それはきっと小高の歌に、明治期を中心にして活躍した文学者たちへの思いがたびたび表現されているからであろう。

　　矢来町千駄木西片南町おのれ拘泥《こだ》わる漱石のあと
　　　　　　　　　　　　第二歌集『家長』
　　水道町安藤坂下萩之舎へかよいし一葉脚つよきかな
　　　　　　　　　　　　第三歌集『太郎坂』

　まず、この二首。どちらも人名と東京の地名がセットになって、とても具体的な場面が提示されている。

　一首目は英国留学から帰ったあとの夏目漱石の転居先をたどっている歌である。現在の文京区のあたり。東京大学の近くで、漱石の小説『三四郎』などの舞台としても知られるところである。実際にその場所へ足を運んだというより、地図を広げて空想の中で街歩きを楽しんでいるのかもしれない。この歌を含む一連「漱石の鬱」において、

　　漱石の鬱の林に夜半に入り吾れの迷いを解くすべさがす

とも詠んでいるから、地名を追跡することで作者は漱石の心情に入り込み、みずからのかかえる迷いの心をはら

すべき手段を探っている最中だと思われる。

二首目では樋口一葉のさっそうとした姿を思い描いている。小説家として知られる一葉だが、創作活動の出発点は和歌だった。十四歳で中島歌子の歌塾「萩之舎《はぎのや》」に入門し、めきめきと頭角を現した。生活苦にあえぎ、荒物駄菓子屋を営みながら家計を支えて、二十四歳の若さで肺結核のため亡くなってしまう一葉。だが小石川にあった萩之舎に通っていた頃、一葉はまだ才気と元気に満ちあふれていた。そんな明治のけなげな乙女のことを、作者は想像している。

どちらの歌も、一首の半分以上の語を地名や人名にあてている。これはかなり大胆な方法である。よほど注意しないと単なる固有名詞の羅列に終わってしまう。だが、あえて小高がこのむずかしい方法を選んだのは、自分になら地名を味わい深く歌の中で生かすことができる、という自信があったからではないかと思う。事実、二首とも地名や人名が近代の明るさと暗さをそこはかとなく伝えてきて、個性的な作品になっている。東京下町の本所《ほんじょ》（現在の墨田区《すみだ》）に生まれて、以来ずっと東京で暮らしている小高だからこその地名への愛着をうかがい知ることができる。

玉の井に寄ることもなきわが日々にくらべ健脚老人荷風

第四歌集『怪鳥《けちょう》の尾』

失礼ながらついでに来たる普門院左千夫の墓に頭を下げる

第五歌集『本所両国』

こちらは永井荷風と伊藤左千夫。

一首目の玉の井は墨田区向島《むこうじま》にかつてあった色街。「鳩《はと》の街」とも呼ばれ、一九三七（昭和十二）年に発表された永井荷風の小説『濹東綺譚《ぼくとうきたん》』の舞台になっている。当時五十代半ばだった荷風は迷路のようなこの街に日々通いつめて、小説を書き上げた。小高は同じ五十代の男として、荷風に比べて自分は何と不甲斐ないのだろう、と嘆いているように見える。

二首目の普門院は墨田区の亀戸《かめいど》天神の近くにある。伊藤左千夫は正岡子規に師事して「アララギ」の基礎を築いた歌人。一九〇〇（明治三十三）年にこの地に移り住み、牧舎を建てて牛乳搾取販売業をはじめたのであった。亀戸といえば、小高の住まいからごく近い場所。それゆえ散歩の途中にでも「ついでに来たる」ということなのだろう。その率直さが楽しい。同じ「アララギ」の重鎮でも青山墓地の斎藤茂吉の墓だったら「ついでに来たる」とは詠みにくい。バイタリティあふれる左千夫の人となりや、また亀戸という土地の親しみやすさがあってはじめて、「ついでに来たる」「墓に頭を下げる」の動作が嫌味なく生きてくる。
また、墨田区ゆかりの文学者というと忘れてはならない一人に芥川龍之介がいる。小高の第五歌集『本所両国』のタイトルは、そのものずばり芥川の随筆の題を借りたものである。芥川は東京の京橋で生まれたが、実母が精神を病んでいたため生後すぐに本所小泉町に引き取られて育った。ここは隅田川に掛かる両国橋に近い。芥川の母恋いの念は両国の思い出と表裏一体になっていたようで、三十五歳で自死する直前にこのあたりを巡り歩いて随筆「本所両国」を残している。小高は芥川の母校・府立第三中学校（現在の両国高校）の後輩であるだけに、思い入れはひとしおだっただろう。

両国の百本杭を懐かしみ歩みたるとう死の直前を　　『本所両国』

両国百本杭は現在の墨田区横網付近にあった。波をよけるためたくさんの杭を打った場所。芥川の歩いた百本杭の風景に重ねて、生きることの痛ましさや母を慕う思いの切なさを、小高は自身の内部に呼びさましている。
この母恋いの思いは、じつは小高の詠む東京の歌の底にもつねに流れている。東京を詠んだ彼の歌には先述のように近代の文学者にまつわるものが多いが、それと同時に父母とのつながりにおいて発想された作品もかなりあるのだ。まさに父恋い、母恋いの情が地名に反映されていると言ってよい作品である。小高の詠む父母の歌は芥川のように屈折してはおらず、順直でなかなか味わい深い。父母の歌を次に抄出してみよう。

父生れし早稲田鶴巻町の辺をめざし夏の陽ゆうらり沈む　　『太郎坂』
わが母は大正二年生を享く日本橋河岸鮪問屋に　　『家長』

父母の出生はこのように詠まれている。早稲田鶴巻町は、早稲田大学の少し東。今は学生の街、また住宅街としてにぎやかだが、作者の父が生まれた頃はまだ田園地帯だったにちがいない。のんびりと沈む夏の夕日が父の人生を象徴しているかのようである。対して、日本橋の鮪問屋に生まれた母のほうはいかにも江戸っ子というおもむきで、活発な感じがする。同じ東京生まれでも両親の性質がどうも正反対らしいのが興味深い。

昭和初期夏の夕暮れ牡丹橋こえて通いき父は夜学に　　『家長』
あきないについになじめず死にし父の気質の瘤をひ

きつぐわれか
ありし日の府立第三中学校　母の憧れたりし制服
第一歌集『耳の伝説』
星組や花組などもしりぞいて闇おしよせる母の寝室
『本所両国』
第六歌集『液状化』

父母の人生がしのばれる歌である。隅田川に注ぐ竪川《たてかわ》に掛かるのが牡丹《ぼたん》橋。そこを渡って夜学に通った父は苦学生であったようだ。苦労の末に身を立てて、一時はかなり手広く事業をしていたと聞いたことがあるが、それでも二首目のような「あきないにつかいになじめず」という生硬な気質をもち続けた人だったらしい。息子である作者が受け継いだ父の生真面目さ、あるいは無器用さを「父の気質の瘤」と表したところに、素朴なぬくもりが感じられる。

対照的に、母は齢を重ねてからも華やかである。府立第三中学校は先ほども述べた芥川龍之介の母校。学業優秀な男子生徒の通う学校だった。女学生だった母は府立三中の制服に憧れていた。ひょっとしてひそかに心を寄せていた人がいたのかもしれない。だが、いかなる経緯の末かはわからないが、母は勤労学生だった父と結ばれることになった。その代わりに、息子である小高が両国高校に入ることで果たせなかった母の夢をかなえたわけだから、母はきっと満足だったのだろう。

四首目は八十歳代後半の、亡くなる少し前の頃の母の姿。「母は宝塚のファンだった。」という詞書が付いている。とりわけ蘆原邦子が好きだった。「闇おしよせる」と暗い表現がなされているが、母は最晩年まで宝塚歌劇団に代表される華麗な世界を愛し続けたのだろう。やはり両親は異なる気質のまま一生を終えたのだろうと想像してしまった。都の西北・早稲田の堅実さと、日本橋河岸の元気の良さ。生まれたところの地名がそのまま人生を決定付けているような気がする。

さて、ここまでさまざまな歴史と重ね合わせながら東京を詠んだ小高の歌を鑑賞してきた。東京の地名が詠み込まれた作品は、このような回想と結び付いたものだけではない。長年にわたり出版社で編集の仕事にたずさわってきた小高は、過去のみならず現在や未来についても人一倍鋭いアンテナを張りめぐらせている。東京の今、そして明日を見つめた歌にも、印象的なものが少なくない。

舗装路にわずかにのぞく東京の土をおしみて妻種をまく
『家長』
オリオンを探しあぐねて東京のあかるき空を顔に受けとむ
『怪鳥の尾』

世紀末都市東京はかぎりなく地球空洞説にちかづく
『太郎坂』

晴れた日の母につきそう両国の舗道の段差あらためて知る
『液状化』

アスファルトとコンクリートで固められてゆく町並。東京の夏が年々暑くなっているのはアスファルトからの照り返しで夜になっても大気が冷えないことが一因だという。舗装の行き届いた道はいかにも歩きやすそうに見えるが、じつのところは四首目のように段差ばかり多くて、車椅子に乗っていたり杖をついていたりする人には危険きわまりない。表面的な整備は進んでも真の意味の快適さが失われつつある東京。二首目に描かれている東京の空は人工の照明で彩られていて、星座を探すこともできない。また、三首目ではドーナツ化現象にともなって夜間は住民がからっぽになってしまう都心の近未来の有様が予想されている。どの歌も辛口の文明批評や社会批判を含んでいるものの、正面切って主張を押し出すのではなく、「土をおしみて」「顔に受けとむ」「地球空洞説にちかづく」「あらためて知る」といったように一歩引いた立場から客観的に事態を見つめている。訴える前にまず現実を過不足なく把握しておこう、という小高の姿勢がここににじみ出ている。その姿勢は表現に対する余裕とも言えるし、一方的に言い募ることへの恥じらいの気持ちの表れと受け取ることもできる。

地下鉄の色わけ路線図のどれも皇居をつねに回避し曲がる
『液状化』

ただし、余裕と含羞をもって穏やかに詠むといっても、この歌のように見るべきところは鋭く見据えているのが小高らしさである。地下鉄の路線が増えて〝地下のまた地下〟にも電車が走っている。都心の地下は電車だらけという感じだが、言われてみるとたしかに路線図のほぼ中央にはぽっかりと真空地帯がある。路線図の真空地帯について端的に指摘するにとどめて、小高はそれ以上は語らない。語らないところにかえって彼の認識の揺るぎなさが表れているように思われた。

今では交通手段が発達して日本国内のほとんどの場所から気軽に東京へ行ったり来たりできるようになった。とは言っても、ふるさとを東京にもつ人と、上京して東京で暮らすようになった人とでは、やはり東京に対する眼差しに微妙な違いがあるだろう。誤解をおそれず私見を述べれば、上京組は「変わりゆく部分」に敏感なのに対して、ふるさと組は「変わらない部分」へのいつくしみが深いように思われる。ふるさと組の代表選手として、小高はこれからも東京をしみじみと、また時にはクール に詠み続けてゆくことだろう。

（初出「ＮＨＫ歌壇」'05年２月号、『名歌集探訪』（ながらみ書房）収録）

Profile

くりき・きょうこ　１９５４〜。歌人。歌集『夏のうしろ』『げむり水晶』、『水仙の章』、評論集に『名歌集探訪』、『うたあわせの悦び』など多数。

短歌と小説

共通する気分とは——溶解する枠組み

小高　賢

歌人仲間とあまり小説のはなしをしたことがない。第一次戦後派も、第三の新人も、内向の世代も、現代の歌人にはほとんど関心がないのだろう。大江健三郎なども、もう大分前から一般教養ではなくなった。いま、それに代わるものは、おそらく村上春樹なのだろうが、『アフターダーク』が昨秋刊行されたとき、いく人かの歌人に、それとなく話題をふってみたが、はかばかしい感想は帰ってこなかった。もちろん小説好きはいるだろうが、自分の短歌とストレートにつながるような読み方はなくなっていると思う。

むかしに比べ、私自身も小説を読まなくなった。金原ひとみと綿矢りさが、芥川賞をダブル受賞したなどというと、人並みに読んでみようと思う。しかし、芥川賞ですらその程度である。まして、舞城王太郎とか西尾維新といったところまでとうてい手が伸びない。

埴谷雄高、大岡昇平、野間宏、あるいは庄野潤三、安岡章太郎、高橋和巳といった作家のものを、貪るように読破した時代はもう戻ってこない。またドストエフスキー、トルストイ、ヘッセ、スタンダール、カフカ、トーマス・マン、ロマン・ロラン、魯迅などを教養として読んだのも、もしかしたら私たちが最後の世代かもしれない。しかも、現代の小説自体の位置はむかしとはくらべものにならないくらいに下がっている。

枠組みとして考えれば、短歌と小説はすでにかなり遠いジャンルになっている。相互影響も直接的にはないといっていい。ちょっと気づいたことを箇条書きにしてみよう。

・近現代短歌史で歌人でありながら、小説も書いたという人は少ない。

長塚節は『土』という傑作をものにしている。また伊藤左千夫には『野菊の墓』がある（久しぶりに読んでみて感心した）。あと、岡本かの子、上田三四二ぐらいではないか。他にいるだろうか。空穂、啄木なども小説を手がけたが、成功しているとはいいがたい。

しかし、歌人を主人公にした小説はそれなりにある。例えば、渡辺淳一『冬の花火』、北杜夫『楡家の人びと』、藤沢周平『白き瓶―小説長塚節』、瀬戸内寂聴『かの子狂乱』など。

詩人から小説家になった人はたくさんいる。島崎藤村、中野重治、伊藤整、佐藤春夫、室生犀星をはじめとし、清岡卓行、富岡多恵子、辻井喬まで枚挙の暇がないくらいだ。彼らは小説に転じてからは、あまり詩を書かなくなり、作家といわれるようになる。

俵万智が最近、新聞に連載小説を掲載した。また水原紫苑も短編を書いているようだ。残念ながら、私は小説と短歌との関係の上で、コメントするほど読んでいない。今後は分からないが、現時点で、彼女たちが小説家に転じたとはいえないだろう。ただ、小説という枠組みも溶解しつつあるので、将来については何ともいえない。

こう見てゆくと、予想以上に短歌と小説の間には大きな裂け目が横たわっているように思える。

＊

戦前、斎藤茂吉に対する関心が大変高かった。「茂吉は現代短歌史のうへにその位置を持つてゐるだけでなく、現代日本文学史の上に明らかにその位置を持つてゐるといへる」（中野重治『茂吉ノオト』）は有名であるが、芥川龍之介も、「僕の詩歌に対する眼は誰の世話になつたものでもない。斎藤茂吉にあけて貰つたのである。（中略）二三の例外を除きさへすれば、あらゆる芸術の士の中にも、茂吉ほど時代を象徴したものは一人もゐなかつたと云はなければならぬ」（「僻言―斎藤茂吉」）といっている。ほかにも室生犀星、宇野浩二、佐藤春夫など、数多くの賛辞を拾い出すことができるだろう。では現代短歌に対してはどうだろうか。

近藤芳美や高安国世といった戦争直後の世代は、第一次戦後派と交流があった。しかし、中野が茂吉に対したような関心の寄せ方はされていない。現在はなおさら歌人と小説家との間に交流はない。つまり、作家も歌人もそれぞれが殻にこもっていて、外側に出てこないといった状況が続いているからだ。

現代短歌に強い関心のある小説家を聞いたことがない。短歌の問題というより、それは日本の文学がもってしまった現在なのかもしれない。詩歌とか、文学といった全体を俯瞰する意識や把握する眼を、私たち自身が喪失しているのではないか。

短歌という小世界。小説という小世界。そのなかで自足している。それ以上に広がるものではなくなった。生きている実感を共有しているにもかかわらず、文学は書棚のブックシェルのように、いくつもの壁で仕切られている。じつはそのシェルは透明で、本当はとなりがよく見える。にもかかわらず撤去しない。しないことによって自分たちの純粋性が保たれる。そう思っているのだろうか。つまりジャンルごとに鎖国なのだ。しかし、足元には溢れるように水が押し寄せている。その水は短歌だけでなく、あらゆるジャンルにも流れこんでいる。そして、もうひざ上に近くなっている。しかし、だれもその壁を取り除こうとしない。それが現在の文学なのではないか。

加藤典洋は村上春樹の出現による価値観の転換を、次のようにいった。「金持ちなんて・みんな・糞くらえ」というテーゼから「気分がよくて何が悪い」というテーゼへ。それまでの「……しなければならない」というところから、「……したい」と語られるようになったという。だから村上春樹の登場は、小説の世界において画期なのだ。

近藤・宮世代の「戦争体験」から塚本・岡井たちの「方法」へという推移はあったが、少なくとも短歌という詩型を選択する根拠に、外界を否定したいというエネルギーが存在していた。ところがある時点から、外界を肯定する視線に変わってくる。そして、自分の気分を素直に吐露する。それが恥ずかしいとも何ともなくなった。短歌においては、一九八〇年代半ば以降のライト・ヴァース、ニューウェーブ短歌が村上登場に付号するのだろう。気分は同じである。

＊

短歌の悔しいところは、村上のようにその気分を物語として拡張できないところにある。逆に、戦後短歌がもっていた自己否定の桎梏から解放されると、「有名になってどこが悪い」「定型で何が悪い」といった消費型の短歌に居直ることに陥る。いいかえれば、短歌によって生きてゆくのではなく、短歌を生きてゆく歌人が増大してきた。それが現在の状況だ。暴言とは思わない。つまり短歌の位相や役割が大きく変化したのである。

小説は短歌のようにいかないところが多い。まず読者と作者が切断されている。一定以上の読者の共感を獲得しなければならない。つまり売れなければならないのだ。そこが短歌と大きくちがっている。作品は商品市場に晒される。何をやってもよいということにならない。とりわけ、現代では読まれることが優先される。その結果、気分は気分として終わることが許されない。作中人物の行動や言葉によって、作者の気分は読者の共感に置換されなければ刊行が許されない。また読者の数と批評によって、小説の評価が決まってくる。極論すればばかならず差別化、序列化されるということである。

短歌の世界に自己肯定が蔓延する。その結果、作品・歌人は横並びにならざるを得ない。あれもよければ、これもよし。ほとんどが自費出版だから、どっちがよいか決められない可能性も起こりうる。つまり価値選択の基準を喪失しているのだ。あとは好き・嫌いという感覚だけが残る。

こういう現況を背景にすれば、価値のヒエラルキーを強制される外の空気が怖くなって当然であろう。短歌が自力で先にいった壁をはずせない理由である。小説だけではない。文芸評論といった隣接領域にも、短歌がなかなか足を踏み入れようとしないのは、そういった風景が予測されるからである。音楽、コミック、アニメへの積極的な関心にくらべ、活字表現に歌人がこれほど臆病な時代は初めてなのではないか。

あまり知識がないので、はっきりしたことはいえないのだが、一方で、近年の小説も変わってきたようだ。おそらく高橋源一郎『さよなら、ギャングたち』あたりから、いわゆる物語るような小説は解体しつつある。『夜明け前』や『小僧の神様』などを、ひとつの典型とすると、かなり遠く離れてしまっているのではないか。小説という枠組み、あるいは神話が信じられなくなったときの小説。そんなイメージだろうか。

ここからは勝手な思いつきかもしれないが、穂村弘『手紙魔まみ・夏の引越し（うさぎ連れ）』などは、それに近接しているのではないだろうか。そんな気がする。

短歌一首の自立性を重視すると、どうしても違和感が残る。しかし、短歌作品というセリフを連ねた小説の一冊として想定するならば、私たちも読み通すことが可能かもしれない。千葉聡『微熱体』にもそんなことを感じた。

つまり、ジャンルの壁は依然として存在しているのであるが（ブックシェルは残っている）、そのなかで追究していた小説とか短歌という概念自体が、それぞれ意識・無意識的に溶解しているかもしれないのだ。

どのようなことかといえば、膝より上にどんどん水が上がってきて、いまやいままでの肺呼吸すら困難になった環境を想像すればいい。新しい泳ぎ方や呼吸法が編み出されなくては生きていけなくなる。これは小説にも、短歌にも共通して存在する気分なのだろう。

穂村弘以後、高橋源一郎以後という気配はそこで一致する。それは、それぞれの壁を取っ払ったら、みな同じ相貌になっているかもしれないということだ。穂村弘のような歌集が一般化し、小説に近くなることは、一方で、短歌滅亡のシグナルなのかもしれない。いずれにしろ、小説と短歌はこうやって深層で相互作用している。

（初出「歌壇」'05年5月号）

「戦後」はなぜ長いのか——戦後短歌を再考する

小高　賢

　上條雅通歌集『駅頭の男』を読んでいたら、こんな一首が目にとまった。「手に重きスーパーの袋提げてゆく戦後生まれに戦後は長し」。戦後の経済発展の象徴のようなスーパーの袋。同時に、下句の感慨。私自身にも共感する気分が不思議に湧きあがってくる。すでに、一九四五年から六十三年目を迎えようとしている。かなりの長い時間である。しかし、私たちの時代や社会は、下句のように「戦後」をいまだに引きずっている。どうしてなのだろうか。

　例えば、一八六八年の明治維新から六十三年後を考えてみよう。一九三一年になる。年表には太字で満洲事変勃発と記されている。ではその一九三一（昭和六）年に、維新直後の空気やそのもっていた問題点が、つよく意識されていただろうか。そんなことはあるまい。おそらく、当時の人々に一八六八年はかなり遠い過去であっただろう。

　それと比べると、「戦後」はいまだ私たちにとって「歴史」として確定されていない。同時代という感覚がどこか残っている。それが「戦後生まれに戦後は長し」というフレーズになっているにちがいない。

　戦後とはいったい何だったのだろうか。

　端的な実例として日本憲法がある。九条を中心にした平和や人権への意識。いわゆる戦後空間によって得られたものである。たとえ、占領国側から付与されたにしろ、私たちのなかにすでに譲れないものとして位置している。

　しかし、片方で、沖縄を中心にアメリカの基地が全国に厳然として存在している。改定があったにせよ、サンフランシスコ講和条約以来の日米安全保障条約による現実はさまざまな問題を残している。

　「戦後は長し」という感慨は、乱暴にいえば戦後が抱えたさまざまな矛盾が融解せず、そのまま地続きとして現在に繋がっていることが、憲法や安保条約や日米地位協定などによって、間歇的に棘のように実感されていることによるのだろう。

一九九五年に刊行された加藤典洋『敗戦後論』が、批判を含んだ左右双方から議論を巻き起こしたのも、私たちが抱えている棘の大きさを物語っている。戦後を省みればみるほど、「戦後空間」は矛盾を抱えたまま表面を取りつくろい生きながらえてきたことが浮かんでくる。

最近、つづけざまに粟屋憲太郎『東京裁判への道』や日暮吉延『東京裁判』などが刊行され、戦後日本の出発への第一の基準点であるはずの裁判がすでに国際政治の波に翻弄されていたことを、資料的にも見事に解き明かしている。

勝者による裁きという論点から、東京裁判の不当性を論ずる人が少なくない。たしかに、前述の詳細な研究書をひろげれば、その裁判がいかに各国の思惑によって左右されていたか、さらに驚くほど杜撰であったか改めて知らされる。量刑基準の恣意性などはその最たる例である。

しかし、一方で、占領軍の強い意志によって、はじめから天皇の免責が前提にされていた。すでにある種のいかがわしさがこの裁判に内包されていた。しかも、それらを、日本だけでなく各国も暗黙のうちに了解していた。さらに、アメリカだけでなく、連合国内部でもさまざまな政治的綱引きがあった。スターリン体制下のソ連の政治事情も加わる。日本無罪論のパル判事を送り込んだインドすらそうだった。裁判という形式はあったが、内部を覗けば、正当性が疑われても仕方がない側面が多すぎる。

だから、「文明の裁き」（東京裁判肯定論）と「勝者の裁き」（否定論）といった対立は現代の地点から見れば、どうしても後者に軍配を上げざるを得ないのであるが、同時に、当時の天皇、吉田内閣から、ジャーナリズム、私たちの父母の世代の民衆まで、事情を分かった上で、戦争責任を指導者に押し付け、自分たちは被害者であるという位置を獲得し、この裁判を意識的に黙認したことも事実である。そのこと抜きに、いまさら「勝者の裁き」と批判したとしても、かなり鼻白む。

長谷川恵那『敗戦の記憶』が比喩的に鋭く分析しているが、敗戦直後、アメリカは「昭和天皇」という善い敵を敵国の有害分子から救い出した。それを感謝した善い敵はアメリカ的価値の信奉者になった。そういう「物語」がいつのまにか成立したのが戦後史であろう。事実、進藤栄一が米国公文書館で発見したマッカーサーと国務長官に宛てた天皇の文書には、ソ連の脅威に対応するためにといい、アメリカによる琉球諸島の占領が長期にわたることを「希望する」という内容が記されていた。そういった天皇の「戦後構想」に民衆も共犯的に同意していたといっても、大きくは間違っていないだろう。

国際情勢をいえば、戦後は背景に米ソを対立軸とする冷戦構造がよりはげしくなる時期であった。そのなかで庶民感情はどちらかというと、社会主義側に身をよせる雰囲気が強かった。例えば、日ソ中立条約違反である八月六日のソ連参戦、あるいはシベリヤ抑留の不当性などは、一部には指摘されたが、大きな問題にはされなかった。私もそうだったが、戦後に教育を受けたものの社会主義への憧れはかなり長く続いた。後年、明らかになるようなスターリン下の過酷な、非人間的な体制への視線はまだ出来上がっていなかった。

簡単にスケッチした事実だけからも、戦後というカテゴリーが、出発点からかなりねじれた内部を隠蔽しながら動いていたということが想像できる。私などの世代は、戦後の未来志向のところにやや過度の期待を寄せたところがあった。

敗戦がいつの間にか「終戦」になり、責任を戦犯におしつけ、また多くの基地を沖縄に背負わせる。社会主義に希望を見出す気分とともに、天皇から民衆まで、自分を被害者として位置づける。このような偽装のうえに、戦後日本は高度成長に向っていった。

たしかに表面的には明るかったが、どことなく欺瞞が深層に横たわっていたのだ。「戦後は長し」という感慨が、多くに共有されるのは、そういうところからもきているのだろう。

戦後短歌は、戦後という時間が濃厚に貼りついた短歌史的な用語である。近藤を中心とする新歌人集団を軸に多く論じられてきた。戦争体験、集団、国家より個人、家族を重視する主体性、それに第二芸術論という否定論をどう受け止められるか。この三点がセットになっている。近藤芳美「新しき短歌の規定」が持っているような前向きな意識は、先に述べた戦後民衆の気分に見合っていた。

しかし、先にのべた偽善性が覗くために、多くの戦友の死を見詰めながら、生き残ってしまった戦中派は、その戦後を肯定的に受け止められなかったことも事実である。従来の「戦後短歌」論はその側面を振り落としていた。彼らの抱き続けてきた死者への思いを、いま一度、戦後短歌のなかに組み込んで考える必要があるのではないだろうか。

ひしびしと我の懈怠《けたい》を責めやまぬ声あり呪詛《じゅそ》のごとくひびきく
　　岡野弘彦『冬の家族』

妻を持ち子をなして生くる安けさを思ひはばかる亡き友の前

辛くして我が生き得しは彼等より狡猾なりし故にあらじか
夜の部屋に鞭しようしようとひびくなり我の背《そびら》を責めやまぬ音

軍隊で多くの友人を失う。妻子をもち戦後を生きるとは、二、三、四首目のような思いにとらわれることである。「狡猾」。それはまさに生きることのうしろめたさから発する。「安けさ」を思いはばかる姿勢なのである。岡野はいわゆる戦後的な明るさにながく馴染めなかっただろう。こういう作品を底辺に据えて戦後短歌を考え直すとどうなるのだろうか。

廿五名の運命をききし日の夕べ暫く静かにひとり居りたし
金色《きんいろ》に砂光る刹那《せつな》刹那《せつな》あり屋《をく》出でて孤り立ちし広場《ひろば》に
原罪といふはいかなる罪ならむまぼろしに鳴る鞭の音する
みづからを縊《くび》らむとする淋しさのありやと問はれ答へがたくをり

宮　柊二『晩夏』

宮柊二にも同様の棘があった。最初の作品は、東京裁判の判決を歌ったものである。いいようがない苦しみ。たしかに無謀な戦争指揮について、戦犯には責任があるかもしれない。しかし、それよりも生き残ってしまった自分に刃は向かっている。まるで己が裁きを受けているような意識を持ってしまう。「孤独派宣言」を重く受け止め、どちらかといえば、宮の個人的資質に多く解釈・鑑賞が傾くきらいがあった。もちろん、それは否定すべきものではないが、より戦後空間という時代性のなかで読むべきものかもしれない。ここから見えるのは、内部で蠢めき、身体を食い破ってくる無数の死者の存在である。後ろめたさ。贖罪意識に近いものである。これこそが岡野と宮に共通する翳であり、くるしさである。

話が少しそれるが、晩年の折口信夫が宮柊二を高く評価したのも、こういう死者への視線を感じたからではないか。

宮と並んで、戦後短歌のリーダーである近藤芳美にも読み直しがあってもいいような作品が少なくない。「知性の怯懦を責めてやまぬ言葉いさぎよかりきかつての日にも」「たちまちに人陥し行く革命史よみてかつてのをののきもなし」(『静かなる意志』)「みづからの行為はすでに逃《のが》る無し行きて名を記す平和宣言に」(『歴史』)などには後ろ向きの逡巡する気分が濃厚にあらわれている。社会主義への疑問と、進行する反動化との間に揺れる意識。

実践を第一義とする社会主義的方向から、ずっと「傍観者」というレッテルで近藤は批判・批評された。しかし、むしろこの躊躇こそ、戦後を身体で感じたゆえに起こる気持ちなのかもしれない。冷戦の激化、錯綜する国際情勢をより実感的に認識していたという「読み」も十分成立しうるのではないか。

気の向けるまにまに生きてあることを芝山永治来てゆさぶるよ
名も知らぬ土橋の下にただよい来てしずみ果てゆくこと許されよ　　山崎方代『方代』
息絶えし胸の上にて水筒の水がごぼりと音あげにけり　　『右左口』

山崎方代の作品も、いままでの論述の線上にある。「申し訳ない」「戦友に悪い」。岡野や宮などにくらべ、より庶民性のつよい山崎には、忸怩たる思いがナマなかたちでの独特な生活スタイルになった。それこそ無数の死に対する「申し訳なさ」の表現そのものではないだろうか。

昨年、NHK衛星放送が、「元日本軍兵の証言」というドキュメントシリーズを放映していた。インパール、レイテ、ガダルカナル、硫黄島など、言葉にならないくらい悲惨な体験を、生き残った兵士が語っていた（当然のこと、みな相当の高齢であった）。無謀という以外に表現できない作戦、病気、想像を絶する行軍。食料も兵器もない戦い。記録として知っていることと、生身の兵士がふりしぼって語ることの落差。戦争はたしかに地獄だ。話しながら、先に逝ってしまった友人を思い出し嗚咽する元兵士も多かった。しかし、戦争批判も、上層部批判もない。ただただ、自分は生き残ってしまった、戦後の豊かな生活を享受しているといううしろめたさが、彼らを苛むのである。まさに後ろめたさである。岡野弘彦のいう「狡猾」ではなかったかという意識が、彼らを責めるのである。この元日本軍兵士の姿に方代はそのまま重なる。

一九二四（大正十三）年生れの岡野弘彦、一九一二（大正元）年生れの宮柊二、一九一五（大正四）年生れの山崎方代。召集年次も、戦場も、戦争体験も異なる。しかし、共通しているのは、同世代を死なせ、自分はいま生の営みを続けているという「うしろめたさ」なのである。従来の「戦後短歌」は、「私」重視の結果、どこかその死者を忘れがちであった。

死者への思いは、戦争体験者に限らない。塚本邦雄、武川忠一、岡部桂一郎、竹山広などは大正世代ではあるが、戦場に赴いていない。結核のためである。しかし、彼らにも、岡野たちと共通する思いがずっと糸を引いていた。岡部は弟が戦死している。武川には多くの友人が出征、戦死していることが傷痕として残っている。後期塚本に濃厚にあらわれた戦争憎悪にも、おそらく結核のために戦争に行かなかった戦中体験が噴出したにちがいない。彼らの作歌モチーフの根底に座っている主題ではないだろうか。

こういうことを踏まえ、戦後短歌は再考されるべきではないか。近藤芳美、宮柊二、大野誠夫、加藤克巳などの「新歌人集団」を中心にした捉え方だけでなく、世代的にいえば、先にあげた大正末期までの歌人を包含し、作品制作時を昭和の終わり位まで引き下げ、戦後短歌を拡張した方がいいのではないか。

つまり、無数の死者とどう対峙したか。その観点を軸に一九四五年から昭和の終わりあたりまでの作品を再検討すべきだろう。個を重視する主体性や、時代の進歩を信じる前向きの姿勢だけでなく、むしろ、忸怩たる陰影に富んだ、しかも棘が刺さった状況を歌った作品も、戦後短歌のなかに組み込むべきではないだろうか。

岡野弘彦『冬の家族』が刊行されたのは、一九六七（昭和四十二）年である。敗戦からすでに二十年以上経過していた。にもかかわらず、そこには戦後を長くひきずっている姿がある。つまり、死者と長く対話していたのが岡野の戦後であった。武川忠一の第三歌集『青釉』に次のような作品がある。

忌《いみ》の日を長くまもりて戦後ありひとりの夜のわが魂おくり　武川忠一『青釉』

垂れさがる弔旗の雫手に肩にいまもしたたるつめたき雫

魂おくりするは生きいるわれならず人の無残は沖にともりて

『青釉』の刊行は一九七五（昭和五十）年である。無辜の戦死者。それに対置するように生き残ったものの罪。「忌の日を長くまもる」という戦後の認識は、武川の作品や生き方を規定しているだろう。

戦後短歌。それにつづく前衛短歌という流れで戦後短歌史は語られてきた。その中心理念は「戦争体験」から「方法」への変化であった。位置づけは明快だったかもしれないが、戦後短歌にあった核（無数の死。それへのうしろめたさ）を閉じ込めていたきらいがある。戦後を明るく描いただけでは一面的にならざるを得ない。結果的に、死者への思いを隠蔽することになってしまった。

短歌以外の近年の知見も踏まえ、戦後の作品を読み直そう。おそらくいままでと異なった相貌があらわれるのではないか。そうすることによって、はじめて戦後短歌も歴史になる。そんな思いが強くする。

（初出「短歌研究」08年7月号）

古書店と短歌

小高　賢

いま古本がとても安い。神保町を歩いていると、買おうかなという衝動にかられることが多い。「斎藤茂吉全集」（全五十四巻本）が五九〇〇円、「木下杢太郎全集＋日記」（全三十巻）二万円、「和辻哲郎全集」（全二十巻）八〇〇〇円といった値段が店頭に並んでいると、ついふらふらとしてしまう。

もちろん茂吉などは持っているので必要はないし、和辻哲郎までは手を伸ばさなくてもよいかもしれない。しかし、杢太郎には正直いって気持ちが動く。二万円なら買えないわけがない。安い。どうしよう。こういった葛藤を日々いつも繰り返しているのである。

杢太郎でも一冊あたり七百円以下。いくらなんでも安すぎはしないだろうか。茂吉などは驚くなかれ、一冊ほぼ百円である。並んでいる古書に気の毒な気がしてしまう。でも買ったら部屋のどこに置いたらいいだろうか。いまでもありとあらゆる本が書棚から溢れている。床にも積み上げられている。その積み上げた本が、ときおり雪崩のように地響きを立てて崩れる。そのたびに家人に叱られるしまつ。いったい家をつぶすつもりですか、と。

また歌集・歌書をそれこそ毎日のようにいただく。ありがたいのだが、正直悩みの種でもある。その上にすぐさま必要がないものを買うわけにはいかないのではないか。結局、まあいいやとあきらめることが多くなる。でもほしいなという子どものような気分はどこかに残っている。こういった古書への思い、これはどうもオトコ特有の欲望のような気がするがどうだろうか。

そもそも古書店で女性客を見つけることはほとんどない。たまに女子大生などがいると、「オ、珍しいな」などとニンマリする。しかし、店主などとのやりとりを聞いていると、卒論のための文献探しの場合が多い。当然のこと知識はまるでなく、図書館代わりにきているにすぎない。親切な店のおやじさんに、他にこんなものがある、これは必読書だといったことを教えてもらい、彼女らは一生懸命メモしている。「なんじゃ、これは」。古書店を何だと思っているのか、つい苦虫を噛みしめてしまう。無意識に因業ないじわるおっさんになってしまう。しかし、そんなこともこの頃は見かけなくなってしまった。本当に女っ気なしの世界である。

古書はほこりがつきものである。カビ、紙魚《しみ》もありうる。キレイなものではない。女性が好まないのも当然かもしれない。しかしオトコはなぜか古書がすきだ。こんな一首を作ったことがある。

　退職の男ならずや彼もまたディパック背に古書店に入る

オトコといってもたいがいが白髪まじり。買った本を手で持って帰るには重いのだろう。デイパックという姿が定番である。よく歩いている。健康にもいいだろう。

去年、ながらく建設中であった神保町の古書会館が完成した。そこで金曜日、土曜日には一般向けの古書展示会が行われている。私もときおりのぞくのだが、まことに異様な風景としかいいようがない。アトランダムに古本がぎっしりと書棚に並んでいるなかを、平均年齢はおそらく六十五歳は超えているオトコがものもいわずに、一心不乱に古書を漁っている。まさに「漁っている」ということばがぴったりである。声もあまり聞こえない。しかし、目はランランと輝いている。人ごみで酸欠状態のような会場を何度も回る人もいる。

戦前の古書も少なくない。本のほかに、黄ばんだ雑誌、カタログ、ポスター、地図などなんでもならんでいる。掘り出しものもおそらくたくさんあるのだろう。ニコニコしながら本を抱えてレジの前に立つ光景もあれば、反対に舌打ちしながら、「今日は、駄目だ」などという独り言も聞こえてくる。

歌集・歌書と出版史関係以外はなるべく手を出さないように自分を戒めているのだが、もちろんそんな誓いは会場に入るといつの間にかどこかに飛んでいってしまう。不要不急のものをついつい買ってしまうことも多い。困ったことに本の重量感は人を幸せにする。

近くの喫茶店でコーヒーでも飲みながら、一冊一冊ためつ眺めつするのは、なんともいえない至福の時間なのである。女性には生涯味わえないだろう。お気の毒になあと思ってしまう。

　古書のたのしみはもうひとつある。他人に自慢することである。貴重なものや、奇書はいうまでもない。安い値段で手に入れたときも同じである。それまで培ってきた蘊蓄《うんちく》をここぞとばかり披露したくなる。友達がいないと古書のたのしみは半減するのである。

　たまたま拾い物の本を手にいれた。しかし、あいにく同好の友人がなかなか現われない。自慢したくて仕方がない。そんなときの「いらいら感」は想像できないかもしれないが、痛切のものがある。いらいらがつのり、やってはいけないことだと知っていても、つい身近にいる家人に話したりしてしまうことがある。

　案の定、一瞥のもとに、「そんな汚いものに、そんなお金使って。バカみたい。いつ読むのよ」という風になる。長年連れ添っていても、このオトコのいわくいいがたいたのしみを女はまったく理解しないのである。あまつさえ家人は、居間に持ってこないでね、自分の書棚以外は絶対困りますからね、といった追い討ちをかける。

　こちらはとたんに不機嫌になる。「ああ、話さなければよかったな」。あとの祭りである。二度と話してやるものかと心に誓う。オトコは孤独なのである。


（初出　「短歌春秋」04年7月号）

近藤芳美の詠まなかったもの

小高　賢

「未来」の方や、古くからお付き合いのある歌人とはもちろん比べものにならないが、同世代のなかでは、近藤さんと同席したことが比較的多かったほうだろう。『鑑賞現代短歌・近藤芳美』（本阿弥書店）を上梓したあと、お宅にうかがったこともある。出版記念会や何かのパーティ、あるいは対談などでもあの独特のくぐもった声を傍らでよく聞いている。

　短歌の話はそこではほとんど出なかった。多くは西欧文化、ヨーロッパ精神についての近藤さんの熱弁である。そのたびに、私たちの教養目録とかなりちがっていることに、気づかされたことを覚えている。スペイン市民戦争やチェーホフ、ドストエフスキーなら、なんとかついていける。しかし、ゲーテとなると、僕たちはほとんど読んでいない。さらに、ギリシャ、ローマといったヘレニズム。キリスト教などのヘブライズム。とうてい近藤さんの知識にはかなわない。

　一九九二年（七十九歳）に、次のような一首があって、驚いた。この年齢で、プラトンを読む！　こういうところに近藤芳美の歌人らしからぬおもしろさがあるのだろう。


　プラトン通読ようやく重き思いとし年昏れかくる齢急ぐとも　『希求』

　また、カロッサ、リルケも、近藤の時代に比べ、ポピュラーでない。あるとき、音楽談義になったこともある。ワグナーはナチスがかついだのでいやだといったことを覚えている（晩年は、どうも聴いていらしたようだ。『風のとよみ』に一首ある）。だから、オペラなどは、一度も、会話に登場しなかった。ベッリーニ、ロッシーニ、ヴェルディ、プッチーニといったイタリア歌劇など、おそらく一顧だにしなかったのだろう。

　私たちには、どこか「楽しくてなにが悪い」という気分が浸透している。ところが、近藤世代には楽しかったり、おもしろかったりすることに後ろめたさがあるのではないか。マーラー、ブルックナーなど聞いている作品が、『営為』『希求』『メタセコイアの庭』などに散見するが、音楽によって決して心が弾んだりはしない。つまり本当に愉しんでいないのだ。

　「近藤芳美集」（岩波書店）完結後、作品に登場する外国人名をチェックしたことがある（今回、加えて最終歌集『岐路』も調べてみた）。旅の歌を除くと、近藤芳美作品に人名はあまり多くない。なかでも日本人はかなり少ない。作品のもつ影響力に注意深いからだろう。西欧の方では、こんな人名が詠まれている。

　ジュリアンソレル（ママ）、マルクス、ベルグソン、エセーニン、リルケ、スターリン、ロダン、ジュダーノフ、ヒットラー、ヒムラー、ハチャトリアン、エレンブルグ、コダイ、シユヴァイツェル、バッハ、トロッキー、カミュ、マルタン・デュ・ガール、パステルナーク、ショスタコヴィッチ、チェーホフ、ドストエフスキー、ハイネ、ヘッセ、レンブラント、ドゴール、ボードレール、フォーレ、ロマン・

母の杖

小高　賢

ロラン、カザルス、ブラック、バルトーク、ロルカ、エル・グレコ、ガウディ、マーラー、ブレヒト、ジョット、パレストリーナ、ナジ、プラトン、ゴッホ、コルベ神父、ヘス、モーツァルト、ブルックナー、ルオー、ゴヤ、コルヴィッツ、ベートーヴェン、シューベルト。もしかしたら、遺漏があるかもしれないが、ほぼこんなものである。

音楽家、画家、小説家が多い。そして、スターリンなどは何度も出てくる。圧倒的にロシア関係が目に付く。もちろん社会主義という問題が、近藤たちには大きかったのだろうが、それにしてもかなり偏っている。

フォークナー、スタインベック、あるいはサリンジャー、ケネディといったアメリカ人は登場しない（どこか関心が希薄だ）。戦後一世を風靡したサルトルは手にとらなかったのだろうか、こんな感想も漏れてしまう。概して、哲学・思想関係は少ない。これは近藤の志向をどこか漠然と示していないだろうか。

短歌だけでないかもしれないが、私たちは詠われた素材を中心に、その歌人や作品を分析したり、鑑賞したりする。一方で、その歌人が歌わなかった事実や主題にはどこか考えがおよばない。何を歌わなかったか。それも大事なポイントではないか。近藤芳美の西欧文化、ヨーロッパ精神にも同じことがいえるだろう。

それは社会事象についてもいえる。戦争を憂い、核や大国の侵略、社会主義の問題を作品化する近藤に、例えば水俣病、水質汚染といった国内の公害や、巨大事故や三井三池炭鉱闘争など、生活に重きがおかれた主題の作品はほとんど見られない。それはなぜであろうか。

父の世代である近藤芳美という歌人の研究はまだまだ、考えてみる余地が多く残っていると、私には思える。

（初出「未来」07年6月号）

川岸のベンチに動かざる老いとその杖つつむ冬のひ
　　かりは

隅田川に流れ込む竪川と小名木川に挟まれた下町に長年住んでいる。生まれてすぐの三、四年の疎開生活を除き、この本所の地を動いたことがない。電話番号も三が加わっただけで、小学校以来変わっていない。友人にいわせると、憶病で、保守的な性格という結論になる。しかし、もうほかに移れっこない。

少々、恥ずかしいのだが、私はむかしから近所で、「ぼうや」と呼ばれてきた。小さいころ、利発でかわいかったからだといっても、家族のだれも信用してくれない。

この間、裏に住むおばさんに路上で声をかけられた。おばさんといっても、その長女が私と小学校で同級生である。もう九十歳近いだろう。杖《つえ》をついたかなりのおばあちゃんである。

「ぼうや、元気かい」。今年、還暦の男に「ぼうや」もないものだが、洟《はな》を垂らし、路地で遊んでいるころを知っているのだから、仕方がない。こちらも愛想良く、「おばさんも元気だね」といって、二、三言話して別れた。

後日、連れ合いからびっくりすることをきいた。あのおばあちゃんの老耄《ろうもう》はかなりすすんでいて、じつは家族の存在すら怪しくなっているというのだ。「いや、僕のことはよく分かっていた」といっても、彼女は怪しげな顔をするばかりである。たしかに「ぼうや」といっていたし、むかし悪さをすると、真っ赤になって怒ったあの元気のいいおばさんの顔であった。

まわりにも杖をつく人がとても多くなった。リハビリの人もいるのだろうが、杖をつきながらゆっくり河岸道を歩いているお年よりを見ると、つい大丈夫ですかなどといいたくなる。もしかしたら、あのおばさんのようにむかしが戻ってくるかもしれないからだ。

母が残した杖が玄関に立っている。母にもう少し話しかけてやっていたらなどと、ときおり感傷的になる。亡くなって、もう二度目の正月である。

（初出「共同通信配信」04年1月）

旅の新しい歌——おじさんのアジア体験から

小高　賢

　昨年、私は還暦を迎えた。自分が六〇歳であるという現実は、なんとも奇妙であった。まず実感がまったく湧かない。もうずいぶん前から、世間的には「おじさん」に十分なっている。しかし、「赤いちゃんちゃんこ」的なことは、私の若い！頭や、身体は受け入れにくい。子どもには見栄、見栄とからかわれるが、そういうことはまだまだしたくない。そうはいっても、残念ながら毎月のように、友人からの定年退職の「ご挨拶」がとどけば、否応なく外側から強制されてゆく。これでは自祝する以外ないではないか。

　といったヘンな理由をつけて、昨年秋、友人夫婦四組で、還暦記念の旅にでかけた。行き先は北京・上海である。おのぼりさんといってもいい旅程であったが、それでもとてもおもしろかった。

　私は北京より、上海の印象が強烈であった。少し前に、ソウルにいった。そこでも感じたのであるが、民衆のエネルギー、生きてゆく力というものが渦のように立ち上っていることを感じたからだ。

　上海という地域全体が沸き立っている。黄浦江の川岸から浦東の方を眺めると、超高層ビルが屹立している。夜ともなると、そのネオンサインの見事なこと。社会主義など、どこにあるのかと思うばかりである。レストランには山海の珍味がならぶ。何も観光客ばかりではない。中国人も豪勢にたくさんの皿に手をつけている。

　街は建築ラッシュ。社会主義国だから、購入したとしても土地そのものへの権利はない。それでも建てたそばから売れるという。ファッションブランドのお店もあるかと思えば、一所懸命、朝から働いている貧しい身なりの少年も見かけた。まったく矛盾だらけだが、そこには活力がみなぎっている。

帰ってきて、こんな短歌を作った。

和平飯店出ずれば四方八方より声は降りだす「ヴィトン安いよ」

子を連れし物乞い女　子は一日五元で借りるが相場なるらし

リヤカーに荷を満載し少年はいっしんに漕ぐ外白渡橋

億ションに住む階層もニョキニョキと殖えたる社会主義の転回

ひもじさを識る胃の弱し上海の夜に食べ残す皿の数々

私たち世代にはどこかアジアに対して贖罪感がある。直接、先の戦争にまで責任を感じているわけではないが、自分たちだけ繁栄し、豊かな生活を謳歌しているのではないか、といった後ろめたさがあるからだ。外白渡橋は共同租界の境界であって、有名な「犬と中国人は入るべからず」と書いてあったところである。

私たちには、また、色濃くベトナム反戦運動の記憶がある。勿論、文革に少々興奮した反省もある。そういうことがまるごと一緒になって押し寄せてくるために、結局、アジアを旅しないで、この年齢にまできてしまったのである。ソウルも韓国の友人に強引に勧められてなんとか行ったのだが、本当に行ってもいいのかな、といった気分があった。

それはお前たちのひとり勝手な気おくれだといわれるだろう。その通りだが、なかなか腰があがらなかったのは確かだ。いまやベトナムなどに旅行する人もたくさんいる。私にはどうしてもその神経が理解できないのである。

元フランス租界のなかに、お洒落なショッピングモールができていた。そこで友人とコーヒーなど飲んでいると、『矛盾論・実践論』などを、読書会で読んでいた学生時代の記憶がふっと思い出される。そういうおじさんたちの旧弊！　な感傷など気にもとめず、若いカップルが夜遅くまで談笑している。東京などより、ずっとモダンな街に感嘆しつつ、どうしようもない異和感もまたうごめいてくるのであった。

沢木耕太郎に『深夜特急』という紀行エッセイがある。わずかな旅費で、香港から中東まで旅を続けるはなしだ。初めて読んだとき、かなりショックを受けた。彼はたしか団塊の世代である。われわれと数年しかちがわない。にもかかわらず、アジアもヨーロッパも、どうせ同じ人間の住んでいるところだという感覚が身体に染み込んでいる。私にはどうも、それが出来ていなかった。アジアに対して怯んでいた。外国に対する「構え」から抜け出られなかった。

ところが、沢木はいとも簡単に、その地点を乗り越えている。それが『深夜特急』に驚嘆した大きな理由なのだ。

似たようなことは短歌でも起きている。旅の詠は相聞・挽歌とならんで、古来より短歌という短詩型文学の大きなジャンルである。しかし、いうまでもなく、そのほとんどは国内の旅であった。

旅を来てかすかに心の澄むものは一樹のかげの蒟蒻ぐさのたま　斎藤茂吉

幾山河越えさり行かば寂しさの果てなむ国ぞ今日も旅ゆく　若山牧水

人も　馬も　道ゆきつかれ死にゝけり。旅寝かさなるほどのかそけさ　釈迢空

こういう作品は、むかしの西行や芭蕉を引きずっている。おそらく、旅は身の危険と引き換えであったのだろう。だから行った先の土地の神様に祈らざるを得なかった。それが歌だったにちがいない。旅と歌はセットだったのである。牧水や迢空に、そういった気持ちのひそんでいたことはいうまでもない。

海外での見聞を作品化する試みは、近代の歌人から始まっている。しかし、一部をのぞき、どうやってもおもしろくならないというのが通説だった。海外には祈るべき神様がいないからかもしれない。表面的なスケッチに終わってしまう。

近代短歌史のなかでひとり歌人を挙げろといえば、ほとんどが茂吉という。それほど偉大な存在である。しかし、彼の作品ですら、海外詠には、正直いってあまり触手がのびない。三年以上、ドイツやオーストリアに留学し、その間に各地を旅して、『遍歴』『遠遊』などに、その作品はまとめられているが、彼の他の名作・傑作にくらべ、おもしろさが足りない。よほどの茂吉好き以外は読まないのがふつうだ。

さらに世代が下がって、佐藤佐太郎、近藤芳美など、戦後、活躍した歌人たちも、少数の例外を除き海外詠ではいい作品が残せなかった。どこか報告的な作品、単なる描写にすぎない作品に終始してしまい、短歌の本来もっている叙情性がいつの間にか欠けてしまうからなのであろう。

アジアには、私が持ったようなこだわりが働く。欧米に対しては、文明の力、歴史の厚みに圧倒される。結局、歌が現実に負けてしまうのだ。明治のころとあまり変わらない、外国に対する姿勢が短歌制作にブレーキをかけてしまう。

つまり、短歌というジャンルにおいて、旅はまだまだ

近代を抜け出ていなかったといえる。海外詠は、日本のような四季と湿潤の気候がないと無理なのではないかともいわれてきた。私自身も似たような感想をずっともっていた。冒頭の私の作品も、どこか観察する意識が強い。さらに社会主義国中国へのこだわりが滲んでいる。また、それがないとつくれないところがある。

ところが、あるところから海外詠の質が変わってきたのである。

美しき腕立て伏せするフランスの女を映す東欧のテレビ　大野道夫

鶏肉で釣りしピラニア薄き鋭き身裂かれ夕餉の吾《あ》に食われたり

東欧（ポーランド）のホテルでの体験が大野の一首である。腕立て伏せするフランスの女がテレビに映っている。こんな些細な事実を歌にする。彼には私たちのような緊張感がない。海外に来ているのだという思いに特別なものは存在しない。といって、小田実的な何でも見てやろうといった視線も希薄である。何をしにいっているのだろうかと、私などつい思ってしまう。そこがおもしろい。

東欧というと、すぐハンガリー動乱とか、プラハの春といったことを思い浮かべるのが私たちだ。あるいはアウシェビッツが頭から離れない。もちろんゼロではないだろうが、大野にはそれよりも眼前のフランスの女性が気になるのである。

二首目は南米での作品。ピラニアが短歌になるとは思わなかった。でも作られてみると、どことなくリアリティがある。

自動小銃突きつけられてパスポートを出せばJAPANの字が読めぬらし　本多稜

髭面が国境行きのバスのなか毒ガスに滅びし村のこと言ふ

本多は中東が舞台である。人間と平面で付き合っている。日本人とかアラブ人といった差異に頓着していない。JAPANを読めない人間がいて当然なのだ。これが沢木から下の世代の特色である。そして、それが短歌にも自然にあらわれてきているのである。次の歌はぼろぼろバスのなかでの会話であろう。日々のすさまじい現実がさらっと詠まれている。ここには生硬なイデオロギーではない世界との向き合い方がある。

（初出「まほら」No.44）

同時代史を書くむずかしさ

小高　賢

裨益をうけている木俣修の仕事の第一は『昭和短歌史』である。短歌史的な原稿を始める際、当該の箇所をまず『昭和短歌史』にあたり、おおまかなアウトラインを頭に入れ、資料にあたり、さらに調べたり、作品を読み込んだりすることが少なくない。たいへんありがたい一冊である。付箋と、多くのアンダーラインは私の多用ぶりを物語っている。『大正短歌史』も貴重だが、『昭和短歌史』には屈する。

『昭和短歌史』は、斎藤茂吉の『大正昭和短歌史』への反論からスタートする。「要約すれば、茂吉は、明治の末期から大正初期にかけての期間より、大正期の方が歌壇の短歌作品は円熟し、優秀な歌人が出ている」といっているが、それは自分の考えと正反対だと断言する。大正期はいうまでもなく「アララギ」全盛の時代である。赤彦に領導され、一大王国を築きあげたことは周知の事実だ。白秋の高弟でもあった木俣に、その強大さは現実のものだったのだろう。しかし、短歌は「アララギ」だけのものではない。結社中心に動いていったことがはたして短歌という文学にとって、プラスの方向であったか。大正期の短歌は、文学（文壇）から離脱してしまい、それぞれの牙城をつくり、歌壇的さらにいえば結社的にとじてしまったことにあると指摘する。

明治期の短歌はもっと幅広く、豊かであったという。たしかにそれは「アララギ」の功罪の罪の方であっただろう。「アララギ」偏重の短歌史を是正するという意図を木俣は隠していない。そういった意識も強いこともあって、『昭和短歌史』のめくばりは、様々なところまで及んでいる。

そのひとつに、第二章「新興短歌の諸問題」などが挙げられるだろう。石榑（五島）茂の既成歌壇への全面的批判を手がかりに、昭和前半（二年から五、六年まで）の状況を詳述しているのだが、複雑な動向が木俣によって明快に整理されている。新興歌人聯盟からプロレタリア短歌の移行がよく見える。そしてその作品の限界もはっきりと述べる。

築道工事にたたきこむ生命《いのち》いくばくぞ今日もミキサは廻されてゐる　　前川佐美雄
百の新聞に今朝いつせいにあらはれた我等《われら》の同志《とも》の判決を読め
新しい道路のうへを行く今日《けふ》の俺達のデモだ勝利へのデモだ

最初に読んだときも、「へー」と思ったが、今回も引用しながら、初期前川佐美雄のこういう側面をあらためて味わった（時代というものは、歌人をいろいろと変貌させる―）。「一日一日の生命をつぎこんで育ててゆく子どもだどの国の母親が人殺しの制度憎まないのだ」（五島美代子）などの大破調の作品も並んでいる。『昭和短歌史』は拾い読みしてもおもしろい。

あるいは牧水の死後、若山喜志子が突如として、「創作」社友の中で最高幹部として遇されていた長谷川銀作、神部孝など六人の除名を宣告し、「お報せ」という文書を全社友に配布した事件などが、注のかたちで記されている。主宰者の無定見によるものと断定しつつ、木俣は「結社というものの意味だとか運命だとかについて考えるためには、討究されてもよい一ケースであることができるであろう」という。こういう事実なども、『昭和短歌史』ではじめて知った事件である。

幅広い文学史的知見、それに加えて豊富な資料。それこそ『昭和短歌史』の揺るがない価値であろう。そのなかで白眉は、太平洋戦争前後から、戦後直後にかけての叙述である。

いわゆる「大日本歌人協会」の解散劇にいたる経過。木俣は水穂の緊急消息という一文を引き、つぎのように書く。

以上のような『潮音』の誌上行動を見ると、『潮音』はあたかも私設特高警察化した存在となったことが明白に認められる。

一方、昭和十五年のいわゆる「新風十人」（筏井嘉一、加藤将之、五島美代子、斎藤史、佐藤佐太郎、館山一子、常見千香夫、坪野哲久、福田栄一、前川佐美雄）というアンソロジーへの評価は、私たちのもっているイメージほど高くなく、次のように奥歯にものがはさまったような記述も考えさせる。

> 彼らは日本の不幸な時代――すでにファシズムの波浪が次第に荒々しくなり、進軍喇叭《らっぱ》の声がいよいよすさまじくなりつつあるなかで、どのような生き方をしていたのであろうか。あるいは甘んじてその流れに乗っているもの、あるいは幾分の抵抗を示しているもの、あるいはあらぬ方向に身をそらしているもの、さまざまである。したがって不健康なもの、健康なもの、あるいは衰弱《すいじゃく》したもののとりどりである。総じて何らかの意味で時代の影を刻んでいるものであるということはできるのではないかと思われる。

微妙なものいいである。だれが「流れに乗って」、だれが「あらぬ方向に身をそらして」いたのか、木俣に添って考えると、いろいろなことが想像できる。ここに同時代人・木俣の「新風十人」に対するスタンスが覗いているだろう。

木俣が一躍「時の人」になるのは、戦後である。短歌総合誌「八雲」の編集に久保田正文とともに携わり、つぎつぎと問題を提起した。「筆者が関係しているので書きにくい」として、木俣は多く引用によって叙述をすすめているが、「短歌否定論、訣別論などに批判的に同調」する「八雲」は今でもよくとりあげられる総合誌だ。

なぜ木俣が目立ったかといえば、歌壇外から提起された「第二芸術論」にほとんど唯一といっていいほどきちんと対応できた歌人だったからではないだろうか。「たちすくんでしまった」歌人、「無能性を指摘され」、それになにもいえない「意気地ない」歌人のなかで、第二芸術論を真正面から受け止め、戦後短歌を文学のなかに位置づけて考える姿勢は群を抜いている。

私自身も、国会図書館で「八雲」を閲覧し、主要な箇所をコピーして所持しているが、たしかに木俣の言動はみずみずしい。広い視野から短歌という詩型を論じている「昭和短歌史」の価値は「八雲」からのものも多くあるだろう。

「はしがき」のとおり、歌壇・俳壇にかぎらず、戦後の文学論議のなかに据え付けようという意識も木俣らしく、高見順、窪川鶴次郎などの発言などをきちんと紹介しているところも忘れてはならない。

しかし、評価を含めて微妙な言い方も少なくない。例えば、いわゆる東京歌話会から「新歌人集団」にいたる戦後短歌である。かなり冷淡な筆致（取り上げ方）であることも指摘していいことだろう。

> かれらの集団的行動は、いまだに全体的に荒廃沈滞《こうはいちんたい》の

域《いき》から脱することのできなかった昭和二十二年から三年にかけての歌壇に、いちおう新鮮な空気を注入したことは否定できないであろう。同時にいわゆる戦後派というものを彼らだけの流派のように思いこみ、概括《がいかつ》することも誤っている。いわゆる戦後的傾向は東京歌話会メンバーの中にも、あるいはその他の結社の作者のなかにもあったという事実を忘れてはならないのである。

木俣と「新歌人集団」のメンバーたちとの差が「いちおう」にはっきりとあらわれている。これはどういうことを意味するのだろうか。歌壇の主導権《ヘゲモニー》争いなのだろうか。感情のずれなのであろうか。もう少し突っ込んで考えてもいい問題だ。「新歌人集団」グループがその後の歌壇の中心になった背景には、たんに文学評価だけではないものがあるかもしれない。木俣修の戦後短歌における立ち位置も見えてくる。そこに同時代史を描くむずかしさも横たわっている。客観的であろうとしても、なかなかそうはいかないし、そういうところまで眼光紙背に徹して読まなければならないということなのだろう。

『昭和短歌史』の気になるところを少し抽出してみたが、最後に次のことを問題提起して、この小文を終えたい。

一九六二（昭和37）年に連載完結、一本にしたのが一九六四（昭和39）年であるが、『昭和短歌史』は一九五〇（昭和25）年前後で擱筆されている。なぜこの時点なのであろうか。茂吉・迢空の死が一九五三（昭和28）年、一九五四（昭和29）年、寺山修司・中城ふみ子らが短歌研究賞を受け脚光を浴びる。あるいは塚本邦雄・岡井隆らの前衛短歌運動。さらに民衆短歌運動や合同歌集など、戦後短歌が大きく変貌する重要な変わり目がすぐそばに迫っている。それをなぜ避けてしまったのだろうか。木俣に書けなかったはずはない。おそらく書きたくなかったのだろう。それでなければ、「昭和二十五年前後」という中途半端な区切りで終える理由は見つからない。

ここから先は、私の想像である。気持ちの底に「多磨」廃刊・「形成」創刊という問題があるからではないか。「八雲」での木俣の結社についての論は明快だ。「群小の歌壇雑誌が持つている雑誌、あれをみな文学雑誌だと思つて自惚れていますが、あれはみな習字帖みたいなものですよ」と「八雲」ではいっていた。『昭和短歌史』ではその歯切れよさはかなり減退している。

自らかかわらざるを得ない結社問題。その悩ましさに、昭和二十五年で『昭和短歌史』を終えた心理的背景があるのではないだろうか。

（初出　「木俣修研究」7号）

影とし吾は——若山喜志子の自立と牧水

小高　賢

伊藤整『日本文壇史』第十五巻の第一章、第二章は『女子文壇』を背景にした詩人・横瀬夜雨《やう》が中心人物である。『女子文壇』はよく知られているように、明治三十年代から大正初期にかけて、女性を対象にした投稿文芸雑誌で、河井酔茗《すいめい》が長く編集責任を務めた。文学史などによれば、江見水蔭《すいいん》、川上眉山《びざん》、徳田秋声、泉鏡花、永井荷風などの大家も選者を務めたという。

投稿者のなかでは杉浦翠子《すいこ》、山田くに子、三ケ《みか》島《しま》葭子《よしこ》、太田喜志子、水野仙子、三宅やす子、鷹野つぎ、島本久恵などがいる。

伊藤がとりあげているのは詩の選者である横瀬夜雨と、それをとりまく女性たちの関係である。身体の不自由な夜雨が「我身の不具を悲しみ訴え、自分のために妻となって、子を産んでくれと訴え」る詩を発表した。その結果、三人の女性から熱烈なる手紙をもらうことになる。そのひとりが山田くに子、のちの歌人・今井邦子である。その事件の詳細は大変興味深いが、本稿と特別関係がないので省略するが、伊藤整はこんなことをいっている。

> 明治四十年代の田舎の少女たちは、出版物に載る文芸作品によってロマンティックな夢想を育てふくらましたが、現実には手紙による外に男女交際の機会がなく、独立の生活をする方便もなく、父母の古風な生活の絆を離れることは容易でなかった。

若山牧水とのちに一緒になった太田喜志子もそのようなひとりであった。

> きりぎりすその生れたるそだちたるほしいままもて
> 恋もすべけれ

わが髪の千すぢことごと落葉貫《ぬ》きまきてかざして死なむとぞ思ふ
生ひ立ちし家の暗さのいとはしく遺書《かきおき》もせし雪ふりつむ夜
大方の若き男子の恐ろしさ見えぬ君故兄とよびけり
何ごとも夢にありけんつかのまに夢となりけん彼の昼づけは
家出してかへるに本意なさ面はゆさ木にも水にも鳥ないてをり
十日して家にかへれば青々とわが白足袋になやましき野路
桔梗ケ原わが海恋の眼になれてその蒼暗く遠き松原

これは第一歌集『無花果』の最後に付された「桔梗ケ原」の作品である。牧水と出会う前の喜志子の状況がほのみえる。十五歳のとき、教師から高等女学校への進学を勧められたが、女に学問はいらないと父親に反対されて断念する。それは彼女の終生の悔いになった。女性は早く嫁にいけばいいのだというのは、当時の当たり前の意見であったが、自我の拡張を願った女性には、いたたまれない環境だった。そこをどのように抜け出るか。とりわけ地方の多くの若い女性の前に立ち塞がっていた壁は厚かった。

『女子文壇』に投稿する文学少女たちは夜雨の恋人をよそおい、夢見、あるいは妹分になることを口実に、上京しようとしていた。若山喜志子研究家の樋口昌訓によれば、外の女性にくらべ、女性としての魅力という点で夜雨の気をひけないことは十分に知っていたが、喜志子も同じ思いを強くもっていたという。

なんとかして、自分の現在から逃れようとしていた。十日ほどの家出という作品はそういう煩悶を示している。作品にあらわれている死、暗い、遺書ということばは喜志子の当時の心理状態をあらわしているだろう。

牧水と結婚したあと刊行した歌集の最後に、これらの一連を遺していることは、喜志子にとって忘れ得ない原点がどこにあるかをはっきり示している。第三歌集『筑摩野』においても改作、修止をほどこしながら、やはり「桔梗ケ原」の一連を収録している。それほどにまで喜志子にとっては重い記憶なのである。『若山喜志子全歌集』の年譜によれば、彼女は明治四十一、二年頃（二十一、二歳）『女子文壇』の花形として、全国の投書仲間から盛んに手紙をもらうようになったとある。またライバルでもある今井邦子が文学修行の志を立て、諏訪から上京する。赤彦から「アララギ」への参加を喜志子は奨められる。おそらくそこに自信も生まれたであろう。二十四歳のとき姉の病気見舞いに行き、そのまま上京、一時太田水穂の家に身を寄せる。そこではじめて、若山牧水に会うのである。

ひとりで新宿二丁目の酒店の二階に下宿。遊女の着物などを縫い自活する。当時のそのあたりの風俗のことを思えば、喜志子の自立の思い、文学への憧憬の強さ、意思の強さを改めて確認せざるをえない。

翌年、一度故郷に戻る。そこで当地を訪れた牧水から結婚を申し込まれる。牧水の再三の慫慂《しょうよう》により、両親に無断で上京。再び酒店の二階に戻る。そこで結婚生活がはじまるのである。明治四十五年五月のことであった。

ところが、七月下旬、牧水が父危篤ということで、宮崎に帰り、翌年、六月まで戻ってこない（この間の進退窮まった牧水の煩悶は第四歌集『みなかみ』の破調作品に色濃く残っている）。しかし、彼女はすでに長男旅人を身ごもっている。このままでは正式な結婚すら危ぶまれる。当時の常識では世間の非難を浴びるような新婚生活である。しかし、結局、喜志子は実家に戻り、そこで出産せざるをえない。いわば、故郷を捨てて出奔したのに、ふたたび実家の世話にならざるをえなかったのである。どれほど悲惨な気持ちを抱いたか、想像に難くない。

引用するスペースがないが、『若山牧水全集』には喜志子の兄稲雄に宛てた牧水の恐縮しきった手紙がある。当時は、非常識を押し通さなければ文学などできなかったということかもしれないが、牧水の生き方はまわりから見れば危なくて仕方がなかっただろう。

長男旅人が私生児になる可能性も、一時はありえたという。結局、すべてに合意がえられ、なんとか両方の家から承認される。いいかえれば喜志子の熱意に、信濃の実家が根負けしたということもいえるのだろう。

第一歌集『海の声』に示されている園田小枝子との恋の痛手にうちひしがれていた牧水。是が非でも上京し、文学によって自分を生かしたい喜志子。二人の恋愛はある意味において、双方に「打算」がなかったとはいいにくいところがある。つまり両者の利害は合致している。そのことはおそらく牧水も喜志子も分かっていたのであろう。もちろん恋愛感情を否定するわけではない。ただ、歴史とは無残なもので、巷間いわれる純粋な恋愛の裏側を想像してしまうのである。

では、結婚によって喜志子の願望はある程度達したのであろうか。彼女は牧水の亡くなるまで三冊の歌集を上梓している。第一歌集『無花果』、第二歌集は牧水との合同歌集の『白梅集』、第三歌集『筑摩野』である。その作品を見てみると、その色調は「桔梗ケ原」とそんなに変わらない。なぜなのだろうか。

作品を少し引用してみる。

波にのがれてゆく舟かもよ淋しとてさびしとて日頃物言はぬわれ

われぞいたましわれぞいたましいたましと思ひつづけて起ち居するかな

にこやかに酒煮ることが女らしきつとめかわれにさびしき夕ぐれ

しみじみと物も語らず君は君のなやみまもるかせむすべもなし

何か為《な》さねばをられず身うちじりじりとなやましさのみもゆることかな

なげきつつ君にすがらばわがなべてはよみがへるかといのるが如し

わが恋はゆくて知らずて母となりぬわびしいかなや若き魂

ただありてさへ燃ゆる心のわびしさを身におきかねて友訪ひにゆく

ほとばしれほとばしれとの心一すぢ乗れる電車に身を揺《ゆ》りつぐむ

人に添ひはじめて冬を迎ふる身の心細くもかく家居する

友はみなかがやきてあらむ桜咲くとすこやかの身をなほもそめつつ

『無花果』から少々多めに引用してみたが、ここには結婚した喜びはどこにも見られない。あるのは焦燥感だけである。あれほど願望した都会での生活なのにと、誰しもが思うだろう。さびしさ、かなしさ、憂い、怒りといった言葉が頻出する。「じりじりと」「なげきつつ」「わびしい」「心細く」という気分。歌集全編がこのようなトーンに塗りこまれている。「いたましいたまし」「ほとばしれほとばしれ」というくりかえしは自分も含めた周りへの呪詛かもしれない。男の酒を準備することだけが私なのか。そうではないだろう。そして母になってしまった。友人はかがやいて見える。といって後戻りはできない。そのような自問自答の日々が想像できる。

作品から見えてくることは、女性が近代に置かれていた立場を、牧水との生活のなかで再び実感しなければならなかった喜志子の苦しさ、かなしさである。娘としても親の不当な扱いに苦しんでいた。しかし、妻となってもそれほど大きな違いがないことに愕然としたのではないだろうか。

一方、牧水はどのように思っていたのだろうか。正直いえば、喜志子の苦しみをそれほど分かっていたとは思えない。もちろん、彼は彼としての実存に苦しんでいたところがある。窪田空穂のエッセイにこんなエピソードがある。「なぜさう酒を飲むのだ」と牧水に聞いたところ、「そんなことは言ってくれるな、朝、目が覚めると、何うにも寂しくてたまらない、少し飲むと、やうやう普通の心持になれるのだから」といったという（「若山君について思ふこと」）（『創作』「若山牧水追悼号」）。

　真偽は定かではないが、牧水のなかにいいえぬ苦しさがあったことは事実であろう。それでなければ、あのような異常ともいえる旅の連続。それと酒に淫することは想像ができないからだ。

何かしらねどさびしげに家を出でてゆきし君故今日のなやましきことよ
遊びほれ帰らぬ人を待つ心憤怒《いかり》は来りよろはんとする
ふとたふれて死ぬるか夫《つま》よ先《さき》ほどのもの憂き顔は黒き針かも
酔うてかへり物も語らず朝となれば陽《ひ》にいそしまれ君幾世《いくよ》ふる
わびしとて泣かむに君は酔ひてあり何によすべきわがかごとぞも
うらみわびただ一すぢに君をこそ恃《たの》めるものを何か足らはね
わが好む広き額を何ごとぞかきくもらせてしづみ給ふは

　こういういいかたは論理的ではないかもしれないが、このような作品に近代の女性の耐え方がよく出ている気がする。妻の苦しさを分かっているのか、分かっていないのか判然としないが、作品上からは牧水が妻を慮《おもんぱか》っているとはどうしても思えない。恨み、怒りが募っているのだが、喜志子は逆に牧水の心中を思い、気遣ってしまう。

　一首目のようにさびしげに家を出る夫が気になって仕方がない。といいながら一方で、「友はみなかがやきてあらむ」とも想像する。このダブルバインド。夫の憂い顔は心配になる。そうはいいつつ、このままではいけないとも思う。「いとせめて植物園に秋草を見にゆかんとて帯をしぞ縫ふ」と思い直す。前向きに生き抜こうと思い直す。

　おそらくそこには、「桔梗ケ原」という原点が浮かんでくるのだろう。家出をし、反対を押し切り、上京してきた自分を信じる以外道はない。まさに健気としかいいようがない姿勢である。喜志子のこのような作品は当時の読者には、自分のことのように響いたのではないだろうか。

　そのなかでの唯一の救いが子どもになってくる。それもいわゆる女性が辿る一般的方向なのかもしれないが、そこにしか頼るところがないことも事実である。

児《こ》に乳をふくますする時ふとも来てあとかたもなくきえゆく愁《うれひ》

いやはてのなげきのはてに吾子のかほ小さく見えて睡りゐるなり

赤い入日赤い入日とさりげなく背の子ゆすぶりかへる草原

このもの憂さの一しづくとて生れたる吾子なればなほいとしとぞ思ふ

片言も得云はぬ吾子のさみしさは何にかあらむいゆき抱かましを

夫との軋轢《あつれき》、自分への悔恨、将来への不安が渦巻いて喜志子に迫ってくる。しかし、一方では自分がおなかを痛めた子どもの成長を目の当たりにする。「あとかたもなくきえゆく愁」ということばはたしかに真実なのだろう。喜志子の作品の真っ当さは、そういいながらまたさまざまなことを反芻《はんすう》するところにあるだろう。その意味において、たえず成長しようという意思を孕《はら》んでいるのである。

　そのような喜志子を傍らに、牧水はひたすら自分ひとりの世界をすすんでゆく。

妻や子をかなしむ心われと身をかなしむこころ二つながら燃ゆ　『秋風の歌』

貧《まづ》しさに妻《つま》のこころのおのづから険《けは》しくなるを見《み》て居《を》るこころ　『砂丘』

めづらしく妻をいとしく子をいとしくおもはるる日の昼顔の花　『白梅集』

おだやかに妻にものいふやすらけきこころをわれの持たぬものかも　『渓谷集』

妻が眼を盗みて飲める酒なれば惶《あわ》て飲み噎《む》せ鼻ゆこぼしつ　『黒松』

牧水の全作品を読んでも、妻の歌は限られている。友や子どもを対象にした作品よりもずっと少ない。おそらく妻がどのように思っていたか、本当のところ理解していなかったのではないか。

　二首目のように、相手の険しさを貧しさが要因だと思っている。欲しているのが実は牧水の理解であり、また喜志子の自立であることが分かっていない。自分の行動が相手にどのような抑圧になっているかは見えていない。

　三首目の初句など、いかに牧水が喜志子に気を遣っていないかの証拠のような作品である。牧水は自己の問題が大きかったのだろう。その解決のための行動が妻の犠牲のうえに成立っていることは毛頭にも脳裏に浮かんでいない。男性優位の近代文学の見逃してはならない問題点といってよい。夏目漱石も志賀直哉にも似たアポリアが存在している。いずれも自我の拡張は自己の範囲に限られている。その自我の拡張により、妻がどのようになるかはまったく考慮されていない。牧水もそういう近代の男の典型的タイプということができるだろう。

晩年、妻は最後に引いたような歌になる。過度の飲酒を監視する妻になってしまう。対等関係の妻でなくいわば母親役としての妻になるのだ。

牧水の家庭での意識は喜志子が夢見たものと隔絶していたといってよい。喜志子が脱却をはかった地方の古さをまったく脱ぎ捨てていなかった。もしかしたら、むしろ信濃より日向の方が、頑迷固陋《ころう》だったのかもしれない。そういう古さは牧水の根底のところに残っている。にもかかわらず喜志子の牧水への思いは一途である。そこがかなしいところだ。

第三歌集『筑摩野』から引いてみる

酒沸すとわが立てば子も子の父も火をかこむなりたのしき夜よ

吾命に耐へよと強ふるひとすぢの重くるしさは君にしあるかな

さびしとて妻子に謀《はか》る事ならずいでて歩めば澄むといふこころ

汝《な》が夫《つま》は家にはおくな旅にあらば命光るとひとの言へども

いち早く食べんと言ひし田楽《でんがく》の木《こ》の芽《め》も萌えぬとく帰りませ

たのしみて夕餉の膳をまつ夫《つま》のこころ見ゆるに早や仕度せむ

忙しくともせめて夫の着るものは我手もて縫はん心入れつつ

かしこみて物書く夫におそるおそる茶を汲みなどす春の日中を

形にそふ影とし吾は生くるなりいよよかがやけ君の命の

みな心に沁みるような作品ではないか。喜志子のつらさをわかりながら、短歌はこのような場面になると、より力をもつ。

たとえいろいろなことがあっても、一首目のような温かい家庭は、一方で二首目の「耐へよ」という力とに対抗関係のなかで存在する。しかも、男は唐突に旅に出てしまう。後世の私たちは牧水の旅の歌を愛唱し、その韻律に酔う。しかしその作品の背後に、牧水の苦しさがあり、また見送っている喜志子の姿があることは、あまり想像することができない。牧水は自分のさびしさを妻子とけっして共有しようとしなかったのだ。

そして世間は「旅にあらば命光る」という。ひとりの人間としての喜志子はどうなのだろう。だれがきちんと考えてくれているのだろうか。喜志子がそう思うのも当然であろう。そう思いながら五首目以下の気持ちも隠さない。徹底的に男的なるものに対決できないのである。そこがいかにも喜志子らしい。

ジェンダー論からいえば、それは喜志子の限界かもしれない。しかし短歌からいえば、この狭間が喜志子の歌のおもしろさであり、読者を感動させるところなのである。つまり矛盾をそのまま引き受け、その葛藤を三十一音に定着させているからだ。

それは牧水という重しとの関係が作品に力を与えているといいかえてもよいだろう。文学というものはつねにそうかもしれない。自分の前に聳えている分厚い壁をどう乗り越えるか。そのとき文学は大きな、強力な武器になる。

短歌は近代の女性にとって手にはいりやすい大事な武器のひとつだった。喜志子だけでない。金田千鶴、今井邦子、三ヶ島葭子、原阿佐緒、潮みどり。みな短歌という手段によって健気に戦った女性といえるだろう。

　形にそふ影とし念じうつそ身を我はや君にささげ来にしを

　うてばひびくいのちのしらべしらべあひて世にありがたき二人なりしを

昭和三年九月十七日に牧水は亡くなる。引用した作品は彼女のかなしい挽歌である。「形にそふ影」の意識。そこを喜志子はどうしても突破できなかった。

皮肉なことに喜志子は、牧水死後それほど目立つべき作品を残していない。おそらく重しがとれたことと、作品への意欲ということはどこか反比例するのであろう。

（初出「幾山河」18号05年5月号）

小高賢さんに訊いてみた

永田　淳

Q　クラシックをよく聞いておられますが、ご自分の中でベスト3を教えてください。

A　うーん。難問ですね。ＣＤをかけながらの毎日ですから、クラシック音楽がないと困ります。オペラには、貯金をはたいて時折いくのですが、このごろオーケストラなどの演奏会は億劫になっています。そのかわりＣＤはよく買います。ですので、ベスト3はＣＤからということになりますね。曲と演奏家の両方から考えると、むずかしいなあ。絞りきれないので、いろいろな演奏家のＣＤを持っている上位組からいきましょうか。

・バッハ　無伴奏チェロ組曲（シュタルケル盤）　カザルス、ロストロポービッチ、フルニエ、デュプレ、ヨーヨー・マから最近のギアン・ケラスまで多種多様な盤を聞きますが、結局は、シュタルケル盤がいちばんです。好みでしょうね。こればっかりは。

・モーツアルト　ホルン協奏曲（デニス・ブレイン）　これはブレインでないとダメ。タックウェルなど、いくつも購入したが、結局ブレイン盤にもどってしまう。疑似ステレオ時代、レコードでも聴いていたのですが、最高です。カラヤン指揮のフィルハーモニア管弦楽団の演奏もすばらしい。

・ベートーヴェン　ピアノソナタ第30番、31番、32番。ケンプ、バックハウス、バレンボイムなど、ピアノソナタ全曲盤を何組ももっていますが、あるひとから勧められたソロモンの後期ピアノソナタ集を愛聴しています。

こう挙げてみると、いかにも一般的で平凡ですね。当たり前すぎて恥ずかしい。いま、鳴っているのはラフマニノフ「エチュードとプレリュード」全曲盤です。ピアニストは知らないひとです。

Q　では映画のベスト3を。

A　小学三年の時に学校で見にいった「二十四の瞳」（木下恵介監督＋高峰秀子）が第一です。それ以来、何度みたことか。その度ごとに涙が止まらない。小生の政治意識はここから始まっています。二番目に、「総長賭博」（山下耕作監督＋鶴田浩二＋若山富三郎＋藤純子）ですね。雨の中の墓参りのシーンと最後の鶴田浩二のセリフが残ります。

　第三は、「ドクトル・ジバゴ」（デビット・リーン監督＋オマー・シャリフ）ですかね。思い出深い映画です。学生時代、友人にこの映画をすすめられて、以後、何度も見ています。恋愛映画でもありますが、最後のところなど、革命後の問題がよくでています。シベリアの雪もすごかった。友人には映画キチが多かったですが、僕はそれほどでもありません。むしろ、最近の方が見ているかもしれません。

Q　小高賢でいる時と鷲尾賢也でいる時、どちらの方がより生身の自分に近いと感じますか。

A　歌人との付き合いも多くなりましたが、やはり、鷲尾の方の知り合いにかないません。ですので、いまだ小高は「部分」でしかないように思っているし、感じています。またどこか、小高といった仮面をかぶっている印象があります。鷲尾という製作者が、小高という歌人を演出しているところがあるようにも思います。

　リタイアして十年になります。原稿を書いたり、選歌をしたり、それなりに忙しくしています。ありがたいことです。出版についてとか、書評などでの鷲尾名も少なくありません。どちらが長いか。分離して生きていないので、なんとも答えようがないですね、これには。

Q　編集者の立場として客観的に小高賢という歌人を見たら、作家としてどんな印象を持つか想像してみてください。

A　使いやす執筆家でしょうね。まず締切りを守る。なんとか形にしてくれる（笑い）。おそらく、そういったイメージでしょうか。ただ、ちょっと対応をあやまると、こだわりがある人だからあとが面倒だ。などとも思っているのではないでしょうか。編集者出身だから、企画にも一家言ある。「何をいわれるか」と、意外にいい印象をもたれてないのかもしれませんね。困ったなあ。いいひとですよ（笑い）。

Q　世の中に歌人夫婦は多くおられますが、他の歌人夫婦と比べてここが違う、というようなことがありますか。

A　他の歌人夫婦がどういう生活なのか、想像したこともありませんから、なんともいえません。もちろん、永田和宏・河野裕子夫妻のような「歌に生き、歌を生き」た家庭でないことは間違いありません。短歌の話も出ないわけではないのですが、多くは子どものことだったり、原発事故のことだったり、これからの老いの生活だったり、じつに普通です。歌人ということは、わが家ではまったく意識していません。それぞれがどこかに、「こんなもの！」をやってしまってといった気持ちが、いまだに残っていることも影響している…。それでも短歌関係に割く時間が連れ合いにも多くなっているようです。

Q　昭和20年前後生まれの歌人が多くおられますが、そんな中にあって自分の立ち位置をどのように考えておられますか。

A　特別、意識したことはありません。ただ、筋を通すとか、出処進退を誤りたくないという気持ちが、人一倍強いですね。

私達世代にかぎったことではありません。どこでも人さまざま。はずかしいほど、権力にすり寄り、オマージュをささげる歌人もいます。昔はとことん馬鹿にしていた人とも手を結び、べたべたと褒めたりする。そういう変貌を見ると、いやだなあと思います。人間はかなしい動物だということを感じるのは、そういうときです。

Q　戦中生まれの小高さんから見て、戦後のいわゆる団塊と呼ばれる世代はどのように映りますか。終戦を挟んでの違いなどがあれば。

A　まず、数が多いからね。ですから、平均的には多くがアグレッシブのように思います。でも、それだけで、ひとりひとりはさまざまですよ。僕自身が意識過剰なのかもしれませんが、「戦後」の捉え方については、意見が異なるところがありますね。そこには世代を感じます。

Q　好きなテレビ番組を教えてください。

A　最近のテレビ番組はひどすぎます。ですからあまり見ません。在宅の場合、かならず見るのは、日曜日十時半からのＮＨＫ３チャンネルの将棋番組。あとは、野球、サッカー、競馬などのスポーツ番組ですね。

Q　野球をしておられましたが、今でも野球はお好きですか。どこかファンの球団はありますか。

A　笑われる（バカにされる！）のですが、川上、別所のころからのもう六十年以上のジャイアンツファン。どれほどナベツネが批判されても変らない。いや変れない。他球団から高額で、トレードするというおかしなことをやってもファンをやめられない。こまったものです。

Q　どの歌人（または歌集）に最もつよく影響を受けられましたか。

A　強いてあげれば、宮柊二です。

Q　小高さんと言えば論争ですが、今後論争してみたい相手がいればこっそり教えてください。

A　好んでやっているつもりはないのですが、意見を交換する習慣がもっとあってもいいと思っています。論争によって理解が深まれば、お互いにプラスになる。そう思っています。私自身、論争によって多くの裨益を得ていますし、その後の自分のテーマや関心事に繋がっていたと感じています。論争のための論争はばかばかしい。ですので、論争相手の名前が先に立つということはすこしおかしいでしょう。

Q　好きな食べ物、酒、これだけは食べられないという食べ物、酒などありますか。

A　貧しい戦後生活を経験していることもあり、食べられないものはありません。好きなものは寿司ですね。昔は、肉願望もありましたが、最近はめっきり欲望が減少しました。お酒もほどほどに飲みますが、本当の酒飲みかどうか疑問です。むしろ、果物（柿、蜜柑、なし、葡萄といった普通のもの）とか、お菓子（栗マンとかどら焼きのようなもの）の方が好きなのかもしれません。子どもみたいです。

食べ物ではありませんが、欠かさないのは風呂です。熱があっても、どんなに疲れても、毎日風呂に入ります。ときどき、二度はいることもあります。ですからもっと、温泉にいく時間をとりたいです。

Q　亭主関白？

A　そんなつもりはまったくありません。しかし、これぱかりは相手から取材しないといけないのではないでしょうか。料理・洗濯など、家のことが何もできない。「おんぶにだっこ」状態であることは否定しません。わがままだとか、自分勝手だとかいわれていることも事実です。なにしろ、連れ合いの支持者の方が圧倒的に多数ですから。ともかく感謝しています。

Q　振り返ってみて編集者に向いていたと思いますか。本当は別の仕事の方が向いていたんじゃないのか、とか小さい頃になりたかった職業などありますか。

A　編集者に向いていたと思います。他の仕事をしている自分を、なかなか想像できないのです。大学卒業後、キヤノンという会社に勤めました。一年半ほど在籍していました。そのままいれば、アメリカで働く運命が待っていました。でも、そのあとがイメージできないのです。要するに、編集のような「ヤクザ稼業」（誤解を招く言い方！）が向いているのですね。小さい時は、何になりたかったのだろう？プロ野球選手にはなりたかったのだが……。

Q　歌を作る時と文章を書くとき、どち

らが苦労しますか。

Ａ　両方とも、苦労します。編集者だったので、自分の才能の限界もよく分かっているつもりです。達成感ですか。それは読んでくれた方の感想次第ですね。誤読されたときのガックリ感の方がむしろ多く、あまり達成感を味わったことがありません。正直のところ。歌人の多くは、文章を読みませんからね。「小高さん、よく書きますね」などという賞賛とも軽蔑とも分らぬコメントをいただくことばかりです。これもこちらの力量の問題だとあきらめています。

Ｑ　ご自分が理想とされていた父親像と現実の父親としての違いを教えてください。

Ａ　うちの親父はどこか気がよわく、何をやってもうまくいかなかった人だった。そういう父親になってはいけないと思っていました。でも、現実には、なかなかうまくいきませんね。仕事ばかりしていて、父親としての役割を果たさなかったと、いまでも連れ合いからは批判されています。そうかもしれません。

Ｑ　ここだけは見ておきたい、という国や場所は。

Ａ　特別にありません。ネヴァ河にいずれ行きたいと思っています。

Ｑ　では今までに行った場所でどこが一番よかったですか。

Ａ　スペインのコスタ・デル・ソル。地中海を眺めながら、ボーとした時間でしたが、歴史を身体で感じました。

Ｑ　歌はどんな状況で作られますか。

Ａ　締切りが近くなったとき。一生懸命に作り溜めるのですが、才はとぼしく、思うとおりになりません。洗濯機の絞り機のように、脳を酷使する。その連続です。作品に自分なりのメッセージをこめたい。すると、ていをなさない。いつまでも苦労する。どうにかならないでしょうか。

Ｑ　最後に、今後どのような仕事（短歌に限らず）をしていきたいですか。

Ａ　短歌に限らず、日本近現代史に挑んでいきたい。読み直してみると、まだまだ未解決の問題も少なくない。出版史も文学史も短歌史もパラレルに捉えることも可能ではないか。そういう時間をたっぷりとりたいと思っています。

講演

「老いの歌とユーモア」

第二十三回落合直文全国短歌大会記念講演

小高です、こんにちは。

さきほどの表彰式で中学生や高校生の歌を紹介できなかったのは残念ですが、面白い歌やとてもいい歌があります。もしかしたら一般の人よりうまいなと思う歌が幾つもありまして感心しました。その高校生の作品に雨の日という歌があります。

雨の日は雨の日なりに過ごそうと雨のリズムに本をひろげる

雨を三つも使ってそれで一首ができあがっている簡単な構造なんですが、リズミカルで印象深い。それから中学生の作品には次のような歌があります。

君は只月を見る目で見惚れてる私は満月あなたはスッポン

この作者は多分女の方だろうと思っていたら男の人なのでびっくりしました。ナルシズム的な歌で、自分は満月で相手はスッポンだという。スッポンだというその相手の女の人は、どんな人なのかと思ったりして彼女が可哀想だとも思いました。でも発想が豊かでなかなか面白い歌です。

年をとってくると、発想がまずしくなる。そこに問題点があるわけですね。どんどん高齢化社会になってきまして、自分が望んでいるかどうかに関わらず八十、九十まで生きてしまう。おかしいですね。こういう時代というのは人類史上あまり例がない。そういう時代にどうしたらいい短歌が作れるか、あるいは面白い短歌が作れるか、きょうはそういうなかで、老いの歌についてお話ししたいと思います。

現代は混沌とした時代です。社会全体もなんだか分からなくなっています。例えば地方と東京の格差がさかんに言われていますが、情報的にいうと、地方であろうと東京であろうと変わらない。テレビなどによって、ほとんど同じ情報が入ってくる。ある短歌大会でまったく似た場面が詠まれた。巧いなあどこで見たんだろうと思っていたら、十人ぐらい後に同じような歌があった。その三十人ぐらい後にまた同じような歌があった。

どうしてこんなに同じような歌を詠えるんだろうと思ったら、あるテレビ番組で放映していたのですね。それを観てみなさん作ったことが分かった。そういうことが現実には出ています。ですからどうやって個性を出すかというのが非常に難しい時代になってきているわけです。現代の短歌の難しい点です。

私は六十四歳ですが、会社勤めというのはだいたい六十を過ぎると終わる訳ですから、団塊の世代も今みんな仕事を辞めています。二番目の仕事に就く人もありますが、どうやって老後の時間を潰そうかという人が多い。人間というのは少し時間が空くと、ぼおっとしてしまう訳ですが、そこで歌でもやろうかという人が今増えています。とりわけ六十過ぎの男性が歌を始めるようになりました。

今までは短歌というと八割九割が女の方でした。私が所属する「かりん」という結社は先生が女性（馬場あき子）ですので周りは女性ばっかり。僕より上の世代の女性が多くて、若い人はあまりいなかった。それがこのごろは六十ぐらいの男性がどんどん入ってきている。男は積極的ですから歌を始めると同時にしきりたがる。何でも買って出る。だから歌の世界もだんだん変わってきています。

そういうなかで情報も頻繁になる。新しい人も入ってくる。そうすると今までの自然を詠って「海がきれいだな」とか、「山が紅葉になった」とかだけでは物足りなくなる。新しい感覚を身に付けないと歌が古めかしくなってしまう。そういう時代に入ってきています。

最近は歌の本もたくさん出てますし、テレビでも短歌の番組がありますから技術的にもみんなとても巧くなっている。しかし、巧くなっていると同時に、感動があまりなくなっている。巧いという歌はたくさんあるけれど、感動がない。それにテレビだとかアニメだとか、映画だとか、そういう素材がどんどん歌の世界に入ってくる。こういうことが歌を分からなくさせている背景です。昔から歌をやってきた方は、今の歌は何だか混沌としてさっぱり分からないと慨嘆なさいます。

こういう時代なのですが、不思議なことに短歌は隆盛の一途を辿っています。小説でも詩でも今はほとんど商売にならない。芥川賞など華やかに採り上げられていますが、本自体はほとんど売れない。小説部門はもう大赤字。それでもなかなか止められないので、苦労していますが、短歌とか俳句は読者もたくさんいる。と言っても百万部や二百万部も売れた本というのは、俵万智以外になかったわけです。それでも全国には必ず歌人がいる。地方にも、都会にもいる。いろんなところで歌をやる方がいる。それが大きな強味ですね。

短歌では九十ぐらいの人と十五ぐらいの人が年齢を超えて同じ話ができる。「この歌がいいなあ」とか、「悪いなあ」とか、同じ土俵で喋れる。九十歳ぐらいの人と十五歳の人が論争している現場を見たこともあります。「なんとか君がいうけれど、これはいいとは思いません。」、「これ、ここが面白いじゃないですか」と議論ができるなんて、短歌以外にはあまりありません。短歌の前にはすべてが平等ですから、同じ三十一音のなかで議論ができる。これはとても大事なことです。

なかなか巧い歌はできないんですが、作れなくても、経験を重ねると、いい歌か悪い歌かは割と分かる。岡目八目ではないんですが、他人の歌はすごく分かる。ああこの人、ここが下手だなとか、人の歌はよく見える。こういう高齢社会になった時に、これはかなり有効な武器になっています。

勿論、ここにいらっしゃる方、僕もそうですが、いまさら斎藤茂吉になれるわけはありません。落合直文にもなれません。それでも短歌では自分のいちばん大事なところを表現することができる。例えば生涯で一冊歌集を出したら、お子さんが読んだりお孫さんが読むと、「ああうちの婆ちゃんは、うちの爺ちゃんは、このようなことを考えていたのか」ということが分かる。その意味で短歌というものは、とてもいいものなんです。

自分の本にも書きましたけれど、僕は文学青年ではなかった。実は三十過ぎまで短歌をやったことはありません。文学とは縁がありませんでしたが、偶然、馬場あき子さんにお会いした時に、無理遣り勧められて始めたと言ってもいいかもしれません。仕組まれた結果というんでしょうか、「一首ぐらい作りなさいよ」と言われて作ったら周りの人が絶賛するんです。「すごく巧いよ」、「貴方、絶対才能があるわよ」などと言われて、馬鹿ですからついその気になったら、それは全員で仕組んだことらしい。「みんなで誉めればあいつは絶対舞台に上がるからやらせよう」って。

ですからみなさん、最初に誉められた時は安心してはいけません（笑）。必ず嘘や騙しがあります。それに短歌というのは一度入ってしまうと、泥沼に入ったようなもので、なかなか止められないんです。それ以後、僕は二度と誉められたことはありません。でも口惜しいからもう一度誉められたいというつもりで続けてしまった。ですから皆さん、新しく始められた方には、最初すごく誉めてやって下さい。そうすると私のようについその気になってやる人が出てきます。

そうして短歌を始めたわけですが、短歌を始めてよかったのはさっきも話したことですね。老いも若きも年齢に関係なく会場で熱っぽく話す。一文の得にもならない、こんなことに時間を使ってなにやってんだろうと思ったこともありましたが、でもそれが短歌の良さです。面白さです。

短歌を始めるまでは八十代の人とまともに話したことはありませんし、自分より若い人と議論することもありませんでした。それが短歌を始めてからは変わりました。短歌を通じてそういう話ができるし、そこにいろいろな話が出てきます。俳句では後の七七がないために、ある種の感覚だけ。自分の思いはなかなか出せない。これに対して短歌は七七があるために自分の人生だとか、生活だとか、歴史というものを表現できる。俳句の方には言えませんが、短歌の方がいいと思いますね。

僕には俳人の友達もたくさんいます。作品を目にすることもありましたが、うまくなるのはなかなか難しい。俳句というのは一種の言葉の切れですからなかなかうまくいかない。ところが短歌は人生がありますから、下手だけどいいなあというのがあります。技術的には何かたどたどしいけど、じーんとするような歌があります。こういう歌をわれわれは目指すべきです。

そういうなかで、老いを大きなテーマとして考えるのは何故かということを、次に話したいと思います。

ご存じのように現在は超高齢社会です。平均寿命も男性は八十歳ちょっと過ぎ、女性は八十五、六歳。乳幼児など小さいころに死んだ人もいますから実際は女性だと九十歳ぐらいまで、男性でも八十五、六歳ぐらいまで、普通の方は生きる。

昔は老いの歌というのは病気の歌と一緒だったんです。老いはイコール病気だった。ところが今は病気のない老いがたくさんいらっしゃいます。純粋な老いが出てきたのは、多分、人類史上初めてじゃないかと思います。和歌、短歌の歴史の中で八十歳以上長生きしたという人はそんなにいません。

中世では藤原定家とか藤原俊成がいます。近代では土屋文明が百歳、窪田空穂が八十九歳、土岐善麿が九十四歳、それくらいの歌人しかいない。後は大体六十歳から七十歳。下手をすればもっと若くして死んでいる。きょうの大会を前に落合直文の老いの歌を探したのですが、直文が亡くなったのは四十二、三歳ですね。昔の人は貫禄がありますから僕ぐらいの年齢を思わせるんですが、直文には、年をとった歌はない。子規は三十四歳で死んでいる。石川啄木は二十六歳で死んでいる。ですから子規や啄木の老いの歌を探そうとしたって無理なんですね。

これはどういうことかというと、老いというのはもしかしたら人類が初めて体験する新しい事態かもしれません。人間は二度も三度も生きられませんから、老いを体験するということはできない。五十一歳で死んだ芭蕉は体験できなかった。芭蕉も西行も持ったことのない八十歳という感覚をわれわれは持つことができる。これを逆に活かす以外にないんじゃないか。武器にする以外にないんじゃないか。そんなふうに思います。八十歳という年齢は一回しか経験できない。自分の一回の体験をどうやって表現するかということは、結構大事なことで面白いことじゃないかと思います。

十九世紀の発見は三つあった。一つは子供の発見。子供の新たな謎を発見したのは十九世紀です。もう一つはフロイトが発見した無意識。もう一つは未開という概念。例えばアフリカは遅れた国と言われていたのですが、実はそれなりの文化構造があって意味があるということです。アフリカは遅れているから近い将来、必ずヨーロッパのようになり、どんどん進歩発展するんだという考え方だったんですが、そうではなく実は未開はひとつの文化だということです。

子供、無意識、未開、この三つは十九世紀の最大の発見だと言われているのですが、それでは次の二十世紀の最大の発見は何か、それは老いではないか。その老いにひとつの構造があって、成人と違う構造があるのではないかと僕なんか考えるわけです。だから人類史上初めて遭遇するものだと考えるのです。この老いというのを何とか摑まえないといけないと思うんです。

私もまもなく前期高齢者に入ります。ここには中期、後期の高齢者もいらっしゃいます。下手をすると超高齢（笑）という方もいらっしゃるかも分からないのですが、これを歌の素材にする。われわれ日本人はみんな同じようなものを食べて、みんな同じようなものを見て、似たようなことしかできないわけです。それを自分だけの独自のものにできる。それは何かというと老いなんです。

お医者さんに聞いたことがありますが、細胞は四十歳ぐらいまではほとんど同じ経過をたどるそうなんだそうです。ところが四十歳を過ぎると個体差が出る。個人によって全く違う。ですから九十歳でもピンシャンしている人もいれば、六十歳ぐらいでよたよたになっている人もいる。人によって全然違うんだそうです。昔は五十歳ぐらいでみんな亡くなりますから、それが分からないうちに死んでいた。個体差が出ないうちに死んでしまった。

面白い話があるんですが、遺体を発掘すると、歯というのは割と残っている。そうすると「昔の人は虫歯がなくて、歯がみんなそろっていた。だからカルシウムを食べて歯が丈夫だったんだ」といっていた。実はそうじゃないんですね。歯がなくなる前に死んでいるわけです。だから虫歯がない。現在はどんどん高齢化してますから歯がなくなるのは当たり前で、そういうような時代になっている。

では老いをどう詠うか。嘆いたり、西行的に芭蕉的に世を憂いたりすると普通の老いになってしまう。一般的な老いというのはこういうもんだという詠い方になる。そうじゃなくて、もう少し自分を見詰めて、自分は何なのかということを考えると、老いの歌は個性的になります。その時一番必要なのは何か。おそらくゆとりではないでしょうか。自分をどうやって客観的に見るか。ただ嘆くだけじゃなく、自分を外側から見る目、他人から見る目が必要です。

温泉などに行って、風呂の鏡に写った人を見て、がたぴしした体だなあと思ってよく見ると、自分の体だったりすることがあるじゃないですか。向こうから来る人、随分年寄りだなと思ったら、自分の奥さんだったりすることがあるわけですね。つまり人の目で見ると、自分というのが分かる。ゆとりがあるからユーモアが生まれる。このユーモアを大事にすることによって、老いの歌も格段と飛躍すると思います。

日本人にとってユーモアはなかなか難しいんです。とりわけ和歌の世界ではユーモアとか笑いというのは、今まであまり詠われていませんでした。西行にユーモアは多分ないでしょう。斎藤茂吉にはありますが、石川啄木にはユーモアの歌は少ない。へなぶりになってしまう。北原白秋にもほとんどない。短歌はそういうことをあまりおもしろがらなかった。乱暴にいうと、相聞だとか、恋愛だとか、挽歌だとか、悲しみだとか、熱っぽさだとか、こういうものを詠うのが短歌だったのです。

ところがこれから相聞の歌をつくるのはなかなか難しい。恋愛もなかなかできませんよね。これからどんどんしようったってなかなか難しい。挽歌ばかり詠っても何か惨めったらしい。ですから何とかこのユーモアの歌を詠うと、新しい歌ができるんじゃないかという感じがするわけです。

ここで実例を挙げます。ある短歌大会の入選作ですが、老いの面白さがある。私が選んだのもあるし、違う人が選んだ歌もあります。僕らより年上の方の歌です。上の方は八十、九十歳の方もいます。最初の歌は男の方のものです。

小遣に苦労している吾に向きゆっくり四股を踏んでくる妻

面白いですね、「四股を踏んでくる妻」。実際に奥さんが四股を踏んでくるわけじゃないんです。ただなんとなく小遣いが欲しいなあと思っている男にとって女の人が四股を踏んでくるような感じ。これ、なんとなくおかしいじゃないですか。こういう歌は最近の短歌大会では多い。しかもみな巧い。さっき相聞の歌が少なくなったと言いましたけど、そうはいっても平均年齢が高い大会でも相聞の歌はそれなりにあります。

これも六十五、六歳、僕ぐらいの人で、女の人の歌です。

やばいぞやばいぞこの年になって恋におちたらしいぞ　やばいぞ俺

「やばいぞやばいぞ」、これ女の人の歌なんですよ。女の人が俺っていう。随分勝手な歌ですね。さっきの雨の日の歌とリズムも同じです。「やばいぞやばいぞ」なんていう俗語を使って歌が作れる。これは若い人の歌ではありません。今、短歌はどんどん活発になっているのですが、こういう歌はたくさんあります。

「歯並びが良いね」と褒める人のいて褒められたきこと褒められもせず

もっと誉めてほしいことがあるのに歯並びばっかり誉められる。「歯がちゃんと生えていていいね」と誉められてもちっとも嬉しくない。あるいは、

「お母さんそこの階段大丈夫?」娘の気遣ひに脚の反撥

面白いですね、足が反撥している。娘がうるさいから口では言わないけど、足が何となく反撥している。最近は歌も自由闊達なものになっているので、こういう歌も作れる。これは単に秋になったから紅葉がきれいだなとか、月が出たなという歌ではない。人生の、あるいは日常の些細な、ちょっとしたエピソードが歌を面白くする。こういう歌が今とても多くなっているし、とても巧い。精神が活発でないとなかなかできない。やりがちなのは過去の情緒にそのまま従う。昔習った小学唱歌とか、星菫調の歌に従ってしまう。そうではなくて、もっと自分に引き付けて詠うと、面白い歌ができる。ユーモアというのはなかなか難しい。しかし、それも使い方で生きてきます。

お葬式で「故人は徳も高く、また、丸々と太っておられました」というと、みなさん笑うでしょう。徳が高いのと丸々と太っていたのは無関係だけど、でも徳が高い人って元来、痩せた人というイメージがある。それが丸々と太っていたというと、面白さが出る。このようにちょっとずらすとか、外すということがユーモアのコツなわけです。ずらす、外すことができるということは、ゆとりがないとできない。あんまり真面目に、対象に対して真っ正面に向かっていると、歌が自由にならない。歌を自由にするためにはずらしてみる。違う視点から眺めてみる。これが歌を作る場合のひとつの要諦、秘訣です。

よく言われますね、「世の中にすむとにごるの違いにて河豚に毒あり福に徳あり」とか「世の中にすむとにごるの違いにて刷毛に毛があり禿に毛がなし」なんてよく言うじ

ゃないですか。これは何かというと、点々があるかないかで人間って全然違ってるという視点の変化。視点を変えることによってユーモアが生まれる。

一般の部の歌は、このあたりに問題点がある。つまり歌というものはこういうものである。自然をきちんと詠わなければいけないとか、美しいものは美しいと詠わなければいけないとか、そういう考えというか、常識が身に備わってしまっている。三十一文字はそういうものでなくてはいけないんだという発想に縛られている。もっと自由に詠う必要があります。

人間はかつては九十歳ぐらいまで生きなかったわけですが、そういう年になると細胞自体がびっくりしているんだと思うんです。どうしたらいいか分からないというのを、うまくセーブしてやる必要がある。五十五、六歳ぐらいで折り返しになる。むしろ年齢を経ると若くなるはずだというぐらいに思ってもいいのではないでしょうか。

ですから今日いらした中高校生の感覚はとてもいいんです。でも、四千首を超える歌があるのですが、この人達で将来歌をやる人が何人いるかというと、一人か二人ぐらいしか残らない。大学進学だとか、働くようになると歌をやらなくなってしまう。この方達の一割でもやると、気仙沼から四百人を超える歌人が出てくるわけですから是非育って欲しいと思います。

余談になりましたが、歌がどこか既成の概念に縛られてしまう。頭を揺らしてみて、余計なものを振り落とす。そうするとユーモアの歌とか面白い歌ができるのではないかと思う。短歌というのはそういうことを可能にする詩型だということを覚えておいて下さい。

短歌は新しい領域を開拓してきました。老いもその一つだと思いますが、最近は海外詠がすごく多くなりました。そしてその歌も昔のようにヨーロッパに行きましたとか、アメリカに行きましたじゃなくて、アラブの国を歩いていたとか、向こうの会社で働いている人の歌とか、そういう新しい領域の歌がどんどん増えました。

それから口語調です。きょうの歌にも随分口語調の歌があります。昔の短歌は文語定型のが多かったのですが、このごろは口語調がどんどん入ってきました。これは俵万智以降のひとつの傾向です。文語と口語が入り交じっても平気になりました。上の句が文語で下の句が口語というのがいくらでもあります。きょうの歌にもたくさんあります。

それからもうひとつは、スピードが速くなりました。昔の歌はもっとゆったりして詠んでいました。今はどんどん速く、軽みの歌が増えています。軽くなっています。叙情的というよりも機知というか、頓知というか、発見とか、こういう歌が多くなっています。

これは逆にいうと皆さんのチャンス、可能性のチャンスが到来したと思った方がいいと思います。何故ならば叙情的な歌を作るというのはじつは大変なんです。太陽が出てきて、海がきれいだな、港がいいなあと思ったのですが、気仙沼の港の美しさを歌にしようと思ってもなかなかできない。美しさに負けてしまう。短歌大会は午前十時から始まるからすぐ用意しなけりゃなどそこばかり頭が働くので、純粋な叙情が生まれない。

どうしても昨日会った人、昨夜の宴会のあの人の動作を歌にしようという発想になる。いいかどうか別にしてそういうことを思うわけです。そういうことは現代の歌人達もみな思ってます。プリントの例えば斎藤史さん（一九〇九〜二〇〇二）の歌を見て下さい。これは有名な歌です。

携帯電話持たず終らむ死んでからまで呼び出されてたまるか

この方、九十二歳ぐらいまで生きた方です。最後、ガンで亡くなったんですが、携帯電話に呪いをかけているような歌ですね、「死んでからまで呼び出されてたまるか」。これ口語調です。自由じゃないですか。文語調の歌ではこういうことできません。これが今の短歌の強さです。その前の歌を見て下さい。

往復の切符を買へば途中にて死なぬ気のすることのふしぎさ

往復の切符を買えば、帰るまで生きているような感じがする。これも自分の老いときちんと真向かって詠っているわけです。こういう歌ができるのです。これは斎藤史さんだからできたわけでなくて、現実の周りのことを詠うだけで、大したことのない素材が歌になるわけです。

短歌をやる方に立派なものとか、美しいものとか、すごいものを詠わなければいけないという発想があり過ぎるんですね。そうじゃなくてもう少し身の周りのちょっとしたことをどうやって詠うか、ちょっとしたことを歌にするとどう面白いかということを、考えた方がいい。ただ笑わせようと思っては駄目です。笑わせようとするだけの芸人さんはちっとも面白くない。何となくおかしいのが大事です。

よく言うんですが、歌というのは一首だけで完成するわけではないんです。作っただけで完成するんじゃなくて、必ず読んでくれる人がいるからいい。「あっ、これ面白いね」とか「これ、こういうように読むといいんじゃないか」とか、作る人と読む人が一緒になって成立する文芸だということです。作りっ放しというのは一番駄目です。読んで皆さんが「面白い」とか「あそこが駄目なんじゃないか」とか「ここがいいんじゃないか」というような発想をして、みんなで論じ合うことが短歌の一番のたのしさです。

例えば斎藤茂吉の歌集『白き山』に有名な最上川の歌があります。あの歌を最初は誰もいい歌だと言ってませんでした。茂吉も大した歌だと思っていなかった。ところがある時、誰かが「これはすごい名歌だ」と言い始めた。すると「ああ、いいかも分からないな」とみんなで議論して、五年十年経ってから次第に名歌になったわけです。名歌ってそういうものなんです。みなさんが一緒になって名歌を作りあげるものなんです。そのことを考えなければいけない。ですから歌というのは友達がいなけりゃ駄目、仲間がいなけりゃ駄目、一人でこつこつ作ってもちっとも面白くないのです。みんなと一緒に作って、わあわあ言うから面白いんだと思います。

土屋文明は百歳まで生きました。こんな歌があります。

今朝の足は昨日の足にあらざるか立ちて一二歩すなはち転ぶ

面白いでしょう。いかにも自分の足が自分の足でないような感じ。今日の足は昨日の足と違っている、「立ちて一二歩すなはち転ぶ」。なんとなく転んじゃった。私の母親も九十歳ぐらいで亡くなりましたけれど、不思議に転ぶんですね。自分の足でない感覚、こういうものを土屋文明は意識したわけなんです。これは立派なことでもなんでもない。自分の身近にあることを発見する。自分の視点を外に向けるだけでなくて、自分の内側にも向ける。自分の内側がどう違っているのか、これを考えるとすごく面白い。

窪田空穂にこんな歌があります。

見舞状あまた来たりぬ死にさうに我の見ゆやと誰にか問はむ

「見舞状あまた来たりぬ」、見舞状がたくさん来たな。「死にさうに我の見ゆやと誰にか問はむ」、自分が死ぬのかどうか分からないから人に問うてみたい。こういう歌です。つまり自分の状態を客観的に観るということが空穂とか文明にあるわけです。こういうことは皆さんにとっても、大事なことです。

最近は映像が発達しています。例えば映画ですが、昔は映画研究はそんなに進んでませんでした。なぜかというと何回も観ないといけない。ところが最近はDVDとかビデオがありますからみな止める。するとこんな場面でこういうのがあったと止めて観る。そういうように情報はどんどん入る。入り過ぎるくらいになる。でも情報が一番少ないものはなにかというと、それは自分です。自分のことは誰にも分からない。自分のことは自分しか分からない。ですから自分のことを描くと、とても面白くなる。男の人は年をとると思索的になります。

哲学的な面白い歌を紹介します。浜田蝶二郎さん（一九一九〜二〇〇二）。ちょっとわけが分からない歌ですが、面白い歌だと思います。

自分などゐないと思へてもさう思ふ自分がゐたといふややこしさ

これも歌なんですね。自分などいないなあと思っているけど、自分がいたというややこしさがある。あるいは、

地に載すと与へられし人間といふ形　犬や猫より高き頭《づ》の位置

当たり前ですよね、犬や猫の頭より人間の頭が高い。これでも発見なんです。あるいは、

かうするつもりだつたが結局かうなつた　長き一生《ひとよ》を要約すれば

不思議な歌ですよね。こうするつもりだったが、結局こうなった、「長き一生を要約すれば」。不思議な歌だけど、実感があるじゃないですか。なんとも言いようがないですね。あるいは、

身体《しんたい》は一つあればよく岐れてゐる腕は二本より多くは要《い》らない

当たり前ですよね。でも当たり前のことを考えるわけですよ。なぜ自分はここにいるんだろう。自分が死んだらどうなるんだろうか。あるいは死んだ後、自分の記憶って一体どこへ行ってしまうんだろうか。そんなことを考える。考えても詮ないと言われれば詮ない。だけどそれを歌にすると誰もが持っている疑問が歌になるわけです。だって腕が二本あるというのは誰も疑ったことはない。だけど体は一つなのに、なんで腕は二本なんだろう。岐れている腕は二本。千手観音なんてあるわけですから腕が何本もある人もいるわけで、これに疑問を持ってぶつぶつ言うと、とても面白い個性になる。男って割とこういうことを考えるんですね。

「短歌研究」に連載していました上田三四二さんという人もずっと死ぬことを考えてました。上田さんが紹介していたことなのですが、曹洞宗の開祖道元法師は死ぬということについて、一瞬死んでまた一瞬生きるんだと考えた。

毎回死んで生きて、死んで生きて、無限に死んだり生きたりしてるんだという考え方を持っている。瞬間に死に瞬間に生きるという。

確かに人間というのは一日に細胞は十万個以上なくなっているそうです。壊れていくんです。細胞が違う。ですから昨日の自分と今日の自分は生物学的に言うと違う。目の細胞も変わっているから昨日観た海と今日観た海は本当は違うように写っているはずなんです。ところが人間は自分という、我という意識を持って自分の体を支えている。だから自分が持続しているようだけど、実は生物的に言うと毎日毎日変わっているはずだという考え方ですね。もしかしたら道元さんもそこまで言ってるのかもしれないと考えるわけです。灰は木が燃えたから灰になったんじゃなくて灰は灰なんだ。木が死んで灰が生まれたんだと考える。哲学的だから難しいんですが、浜田さんの最後の歌、

自分とは百年足らず持続するある形　つねに〈いま〉でありつつ

これも思索的な歌ですね。「自分とは百年足らず持続するある形　つねに〈いま〉でありつつ」、確かにそうですね。常に今でしかない。過去を持っているけれど、今でしか生きられない。そういうものだというんです。これも考えざるを得ないような歌です。このように、人が分からなくともいいんです。「分かんないよ」と言われても「私はそう思う」と言うだけです。これはすごく大事な態度です。

プリントの末尾にも書いてありますが、われわれは〝分かってもらいたい症候群〟におちいっている。よく歌会や大会に出て「分かりました」「こういうところが分かりました」と言われると安心する。「分かりません」と言われるのが一番怖い。

でも人間のことなんて、そんなに分からないはずです。分かってもらわなくともいい。一人か二人でも分かってくれればいいや。そのくらいの考えで作らないといけないと思います。ところが皆さんは「うまいね」と言われるよりも「分かりました」と言われるのがうれしい。結局、歌が分かりやすくなる。結句で分かりいいこと入れてしまう。分かってしまうと、じつは歌はつまんなくなることが多い。歌というのはどこか謎があった方が面白い。分からないな、どこか分からない、でも魅力のある。そういう歌が一番いい筈です。

ですから歌会などで、縷々説明を始める方がいます。「実はこれはこうこうこういう歌でこの場面でこういうように作りました」と説明する。それやってしまうと歌の魅力は半減する。歌は分からなくて謎を持っているから面白い。さっきの中学生の歌で、自分が満月で相手がスッポン

なんていうのは、正直言えばよく分からない。でも何となくおかしい。こういうような歌の作り方をもう少ししないといけないのではないでしょうか。

ですからぜひお願いしたいのはみなさんもっとわがままでいいということです。自分勝手でよく分からなくてもいい。人が分かろうが分かるまいが、自分はこう思ったって作ってしまう。それが人に分からないとか批難されても構わない。そういうわがままな歌を作ることを僕は希望します。

人に誉められなくてもいいんです。俺が分かればいいんだ。あるいは一人ぐらい「面白いね、これ」という人があればいい。こういうことをまず覚悟することがとても大事だと思う。覚悟しませんと歌なんか出来ません。みんなに誉められたいなんていうと、選挙運動みたいになってしまいます。そうじゃないんです。歌というのは一人かもしれないけれど、「いい」という人がいる歌がいい。入選作がすべていいわけではありません。もう一回読めば違う歌を選ぶということもあり得る。

この前読んだ時これはいいなと思ったけど、一年経って読んだらこっちの方がいいなということはあり得るわけです。選というのはそれぐらいのものなんですから、こういう大会の入選を絶対だと思わない方がいい。ところが、なかなかそれができない。何とか賞に入選したからあの人は偉い、どこどこ新聞の選をやってるから偉い、こういうところで喋ってるから偉いとか言いますが、ほとんど嘘です。

斎藤茂吉という人はとても偉い歌人だと思うし、傑れていると思いますが、斎藤茂吉の一番下手な歌と僕のいい歌を比べたら、絶対僕の方がいいと思います。それは当たり前なんです。ここだけの話、一割ぐらいは僕の方が巧いんじゃないかなと思うことがあります(笑)。皆さんの一番いい歌は絶対斎藤茂吉より上です。総体でいえば、もちろん斎藤茂吉はすごい。それは当然です。でもそのくらいのつもりでやらなきゃいけない。

優秀作だとか、受賞作だとか、歌集があるとかないとか、権威があるとか、あの人はこの地域で偉い人だとか、そういう発想をしますが、じつはナンセンスです。歌というのはどんなに偉い人であろうと、どんな駄目な人であろうと、歌の上では平等です。「万葉集」だってそうじゃないですか。天皇の歌から防人や詠み人知らずの歌まで、みんな平等に並んでいます。「新古今」だって「古今」だってみんなそうです。江戸時代もそうです。地位も何も関係ありません。

歌は少々おかしいなと思う人の方が巧いんです。正常な人はなかなか巧くならない。常識的ですから飛躍ができない。ですからわれわれみたいな常識的な人は技術として飛躍できるような努力をする以外にありません。高齢になるとその飛躍が自由にできる。少しブレーキが利かなくなっている分、歌が面白くなるという要素があります。

清水房雄さん（一九一五）という人がいます。まだ元気です。剣道の先生でしたけど、すごく寂しい人生を詠っています。

黒パン二枚よりはましかと呟きて朝昼晩といなりずし食ひぬ

しかし、面白いですね。つまりお稲荷さんをどこからか貰ったんですよ。この人、独り暮らしですから「黒パン二枚よりはましか」と呟きながらしようがないと朝昼晩と稲荷鮨をずうっと食べていた。別にどうってことないけど、でも生活が偲ばれて何となく面白いでしょう。次の歌はもっと残酷です。

嚔して落ちたる入歯ひろひ持つ淋しとも何とも言ひやうの無く

くしゃみして入れ歯が落っこちただけの歌。でもこの「淋しとも何とも言ひやうの無く」、言いようがないですよ。こういうのって、海がきれいだとかいう歌じゃないわけですよ。紅葉したとか桜がどうしたという歌じゃなくて、人生の悲哀というか、この人の日常がすごくよく出ている。バスなどに乗っていても、よく観察するわけです。次の歌見て下さい。

ああはなりたくない翁一人わが乗るバスの前をよぎりぬ

バスの前をよぎる翁を見てああはなりたくないと思う。でも自分も年をとっているわけですよ。こういうのが観察の目です。これは皆さんもできることです。

もうどうでも良くなつた僕なのだ責め給へ褒め給へ気のすむ迄に

これも開き直った歌です。男の人はこういう歌を作れる。女の人はポーズがあって、くしゃみして入れ歯を落とすなんて歌はおそらくできない。男は平気なんですね。ですから実にたわいのない、あるいはあまりきれいでないという歌も詠える。これによって生活の実感がリアルに浮かびあがってくる。歌はそういう要素を取り出せることが特徴なんです。例えばくしゃみして入れ歯が落っこちたということは、俳句ではなかなかできないと思う。短歌だとこういうのができる。中学生を前に入れ歯の話をするのもなんですけど、こういう歌を皆さん、考えた方がいい。自分の生活の中にある些事、大したことのない些事、こういうものも詠う。次の歌、見て下さい。

長生きをしすぎる父と思ふのか子等の電話のその口ぶりは

独り暮らしをしていると、ご長男のあたりから電話がかかるんでしょう。あんまり長生きしてもらっては困るよっていうのが、その口吻とか、電話口の後ろから聞こえてくるような感じがある。自分もそう思っている。何か長生きし過ぎたな、でもまた生きちゃうんだということがあるわけですよ。こういうような歌だけど本人はあまりユーモアだと感じていない。本人は日常生活を淡々と叙述しているに過ぎない。だけど読む方から見ると実に面白い。

清水さんは、戦後短歌のリーダーである近藤芳美さんと同い年ぐらいの人ですが、ずうっと近藤さんなどのスターの陰に隠れて、第一人者として認められていたわけではない。近藤さん達が亡くなった後の、晩年に急に輝き出すわけです。勝負は長生き勝負ですよ。優秀な奴が早く死んだら俺の天下だと思って頑張る以外にないんです。そうすると「あいつは大したことなかった」と言える立場になりますから、そのくらいのつもりになると歌が面白くなる。

竹山広さん（一九二〇〜）もそうです。竹山さんは八十八ですが、この人は長崎の被爆歌人です。被爆者でしかも若いころから歌を作っているんですが、第一歌集を出したのが六十歳です。八十八歳の今も活躍されている方で、歌集も第八歌集まで出している。迢空賞などいろいろな賞をもらっています。

初期のころ長崎の原爆の悲惨さを訴えた作品がたくさんあります。最近は軽みのある歌が見られます。こういう歌を詠えるのはいいなあと思うのですが、その中から面白い歌を選んできました。

ヨン様がゐぬチャンネルに切り替ふるこころのせまき老人われは

面白いですね、ヨン様。例の「冬ソナ」ですね。そのヨン様がいないチャンネルに切り替える、「こころのせまき老人われは」という発想です。ヨン様の歌はいっぱいありました。しかし、竹山さんのような歌はない。こういう批難の仕方はありません。「こころのせまき老人われは」という発想はない。次の歌見て下さい。これも素朴な歌ですよね。

老ふかき蛍光灯が一度二度まつたをしたるのちに点

りぬ

分かりますね。蛍光灯が点いたり消えたり、苛つくような蛍光灯を「老ふかき」というわけです。年をとった蛍光灯が相撲の待ったをするようにした後に点った。点いたり消えたりする蛍光灯があるというだけで、これだけの歌ができる。これ面白いじゃないですか、「まつたをしたるのちに点りぬ」という。これが発見なんです。大事な発見です。大発見は必要ありません。小発見を重ねることによって歌ができる。蛍光灯がよく切れたり、切れそうになったりした時の状態、これが大事なことで、待ったをしたようにという発見ができれば歌ができるのです。できないわけはないでしょ。あるいは、

点眼の一部始終を見たるのち退屈をして鴉は去りぬ

別に鴉が退屈するわけではないのです。自分が点眼をしているところを鴉は一部始終ずうっと見ていた。「退屈をして鴉は去りぬ」って、面白いですね。なんでもない歌だけど、日常生活の微妙な、ちょっとしたものが、リアルに表現されている。皆さんもこういう歌ができるはずです。

自分の生活のちょっとしたことを見つける。その目があると、本人は鴉の身になって見ているわけですよ。鴉は多分こんなものを見て退屈してるんだろうと思える。自分を鴉の身になって見せる。鴉は単に鴉じゃなくて、鴉にある種の人格を与えるとこういうようになる。

さっきも言った視点をずらす、視点を変えることで発想の転換ができる。こういう考え方をすると、自分達の老いが豊かな素材なんです。宝の山です。毎日の自分の行動が素材になる。毎日が面白い発見です。ビジネスチャンスとよく言いますね。経済の危機になった時が逆にビジネスチャンスだ。経済が悪い時こそ自分が何か発展する要素があるということと同じです。自分が老いたからこそ老いの歌が面白く詠える。こういうように考えなければいけないと思います。次の歌、

階段を手摺にすがりのぼるとき足でのぼれとあたまは命ず

「足でのぼれとあたまは命ず」って面白いじゃないですか。つまり自分の体を頭と足とバラバラに考える。人間の体って本来は足と頭は一体なんです。ところが年をとってくると、足と頭がバラバラな感じがする。頭で一生懸命「昇れ昇れ」って言っているのに足が聞かない。足に人格を認めているわけです。鴉に人格を認めたように、足に人格を認めている。頭が足に昇れと命ずるけれど足が昇れな

いというバラバラ感。さっきの土屋文明の「今朝の足は昨日の足にあらざるか立ちて一二歩すなはち転ぶ」というのと似てるじゃないですか。一生懸命「昇れ昇れ」と命令しているんだけど足が聞かない。こういう歌は本来誰でも詠えていいわけです。あるいは、

作りかけの歌二首三首記しおく明日のあたまに見てもらふべく

これも巧いですね、「作りかけの歌二首三首記しおく明日のあたまに見てもらふべく」。今日の頭じゃ駄目だから明日の頭にする。さっきも言ったように今日の頭と明日の頭は自分にとっては違う頭です。今日の頭と明日の頭にはバラバラ感がある。同じだと思ったら大間違いです。細胞が違ってるわけだから別の頭なんです。今日の頭と明日の頭なんて普通発想しないのですが、そう発想することによって歌が新鮮になります。これはわれわれにとってすごいヒントがあるじゃないですか。

自分の体とか自分の時間を全部続いているものと思わないで、切れているものだと思うと、違った自分というのが見えてくる。例えば皆さんだって本当は違ってる筈です。赤ちゃんを生んだお母さんと若い娘時代と違っている筈だし、孫ができた現在と孫のいない時代では違うはずです。細かく言えば今日と明日、午前と午後だって違う。それをどう表現するか。これによって歌はどんどん新鮮になります。歌は新鮮であることが勝ちです。老いに対して他人は容喙できない、入ることはできない。そうすると発見によってフレッシュな歌ができるわけです。近代短歌の中にこういう歌はほとんどありません。何故ならこういった老いを経験しなかったからです。

竹山さんは八十九歳で、原爆症を患っていながらこれだけの明晰な意識を持っている。これは現代社会ゆえの強さです。こういうことができるということは、皆さんもできるということなのです。それをどうやって実現するか、どうやってそれを自分のものにするかということがすごく大事なことです。

吉野昌夫さん(一九二一〜)という人も八十四歳か五歳です。これは本当にユーモアたっぷりの歌です。皆さんの日常です。

鉛筆をもつたまま本を戻しにゆきどこに置いてきてしまひしや　鉛筆

よくありますでしょう。「鉛筆をもつたまま本を戻しにゆきどこに置いてきてしまひしや　鉛筆」。僕もありました。コピーをしようと思って歩いていく途中で停められて、

何か話しているうちに何をしに来たんだか忘れたりする。二階から下に降りて来て、途中で自分が何しに降りて来たのか分からなくなる。こういうことを詠っている。あるいは、

　左手と右手の荷物を持ちかへていくらか楽になりたる感じ

よくありますね。大きな袋に荷物を入れて持って行く。右手と左手に交互に持ち替えたら、いくらか楽になった感じ。

　眠つてゐたのか覚めてゐたのか明け方の二時間ほどの欠落がある

何かよく分からない。次の歌なども面白いですね。

　書きとめる　ことを忘れてをりし歌何かに書きてその紙さがす

一生懸命書いた紙を「ああいいこと書いたな」と思ったら、その紙がどっかにいってしまった。これが歌になる。これを面白がらなければいけない。歌会でこういうことを詠って皆さんは「別に大したことじゃないですか」と言っちゃ駄目なんです。「面白いですね、よくこんな場面を詠いましたね」と言ってお互いに顕彰する、誉め合うことが大事です。

　妻と娘《むすめ》とも違ふ手拭の絞り方どうやら竹刀の握りの名残

これも分かりますね。手拭の絞り方、男と女は違うんです。吉野さんは昔、学徒動員で戦争へ行った方ですが、剣道をやっていた。竹刀を握って構えると、よく「絞れ絞れ」と言われる。その手拭の絞り方で手拭の傷みも激しいんだと思うんです。奥さんにそれを言われたのかもしれません。こういうようなことが歌になる。ですから皆さんが持っている固有の体験、固有の経験、固有の人生の問題、そういうものを歌にはめ込むことによって、歌が個性的になる。個別的になる。個別的になることを大事にしなければいけない。

　一般的に分かりよく、皆さんが「いいね」という歌は個性がなくなっていることが多い。散文は誰でも分からなければいけない。ですから個性を出すのがなかなか難しい。ところが短歌というのは三十一音ですから短い詩型に個性を入れることによって、際立つことがあります。皆さんも

試みてほしいんです。

なんとなく分かりよく収める。そうすると歌が全部死ぬ。せっかく面白い発想が出たのに、結句を普通の言葉で収めてしまうと歌がつまらなくなってしまう。もっとわがままにバラバラでいいから奔放に作る。失敗作、いくらでも可です。皆さん、これから失うこと、そんなにないんです。これからいくら失敗したって、それほど失うことはない。だから失敗を覚悟で思い切ってもっと冒険していく。これは大事だと思います。

男の人はこういう歌が多いのですが、女の人はどこか相聞的なニュアンスがあります。別に恋愛だけが相聞ではない。相聞というのは相手に対していとおしむ気持ちです。木や花や空や海に対しても相聞の情があって構わないわけです。相聞の気持ちのある人は、何か可愛いお婆ちゃんになってきます。

その典型は宮英子さん（一九一七〜）です。この方は宮柊二さんの奥さんです。あっけらかんと昔のことを想い出す。例えば、

婚約のはなし難渋せしころの歌会帰り不意に口を吸はれき

すごいですね。九十歳を超えています。みんな、これぐらいの歌を作っていい。若いころの想い出があるじゃないですか。もっと大胆に作っていい。僕もこの歌好きなんです。過去の想い出ですよね。「口を吸はれき」という想い出は、とてもいい。想い出となるとみなきれいに作ろうとする。そうじゃなくて事実を作ることが大事です。次の歌も面白いですね。

みづからを叱りつけたり、もう言ふな、八十歳が何だといふの

上の句が文語調で下の句が口語調です。こういう入り交じりで歌がよりリアルになる。次の歌は、

昼間見し高架の駅の桐のはな忘れがたなくよる憶ひをり

この歌も面白いですね。宮柊二の有名な歌に「昼間みし合歓《かうか》のあかき花のいろをあこがれの如くよる憶ひをり」というのがあります。その歌のパロディです。宮英子さんは短歌の中に駄洒落を入れる。また、膝が悪いので階段を降りる時は「私、下らない人」だという。「下れない人」、つまり降りられない人を「下らない人」というようなことを平気でやる。そのくらい自由に闊達にやることが許される

世代です。次は何となくロマンチックな歌、

雪国に雪二夜三夜降りつげば今夜は帰るなと言はるるに似る

いいですね。「今夜は帰るなと言はるるに似る」、ちょっと甘くていいじゃないですか。あるいは、

寿司ひとつ摘《つま》みて和酒《ささ》をふふめども詰らないなあ。
平成十八年冬

随分字余りだし破調なんですが、何となく気分がでている。これぐらい大胆に作ってほしい。短歌をやっていて一番いけないのは、「いいお歌ですね、お気持ちよく分かりました」と言われると安心する、そういう歌です。だけどそうではなくて、「面白いな」とか「何となく感じつかめます」とか「そうそう」というような会話が生まれるような歌をもう少し作らないといけないと思います。

短歌は「万葉集」以来、千三百年続いています。これほどたくさん作る時代ははじめてです。生産量が多い。皆さんもこういう大会があるといつも作品を出す。いろんな大会がある上に、新聞歌壇もある、結社の作品もあるということで、短歌の歴史の中でこんなに歌が作られている時代はなかったのです。

平安時代、歌は実用的なものでした。つまり手紙に付けるものでした。恋愛は歌がないとできません。歌が書けない人は誰かに代作してもらって自分の気持ちを伝えたわけです。そういうやりとりの実用性が和歌にあった。それが「万葉」から「古今」「新古今」と続くのですが、江戸時代になると、違ってきまして良寛、橘曙覧のような作品になる。

近代短歌になって落合直文が出る。直文には新しい感じがありました。「父君よ今朝はいかにと手をつきて問ふ子を見れば死なれざりけり」という一首などいいですね。それは何故かというと、現代に通ずるからです。子供が手をついて「お父さん、今朝はいかがですか」という家族愛ですね。直文は近代短歌では初めて家族の歌を作った歌人で、しかもたくさん詠んでいる。直文の歌というと「緋縅の鎧」のような歌が喧伝されていますが、直文はむしろ私生活、私というのを初めて詠ったところを私は評価します。

それまでの和歌には私性がない。つまり和歌というのは恋文みたいなものですから誰にでも通用する歌でよかった。春が来たら桜に託して貴方への思いを告げる。ですから代わりに作る代作者もいっぱいいる。恋愛というのは大して変わらないからですね。みなさん、自分の恋愛は特別だと思ってますか。後から見ると恋愛ってほとんど同じです。

みんな恋い焦がれている時は、盲目ですから何も見えない。同じような歌を作っても分からない。ところが私生活というのはそれぞれが違う。落合直文の家と与謝野鉄幹の家では全然違う。家族との関係も皆違う。その時に初めて個性のある和歌が生まれる。

和歌というのは普遍の世界でもいいのですが、これに対して短歌というのは個別の話なんです。和歌と短歌のどこが違うかというと、晴れのものが和歌で、褻《け》のもの、つまり日常的なものが短歌というような区分を基本的にはしています。日常的な自分を詠うから初めて短歌になる。

そのために、近代では個性を作るために、みんな観に行く。一生懸命違うものを観に行こうとする。「吉野の桜観ました」「私は宇治川の何とかを観ました」と言って歌を作る。乱暴をいうと最近は全て映像化されています。宇治川に行かなくともビデオを観れば宇治川の歌は作れる。そういう時代になっている。そういうとき、何が必要かというと、自分だけなんです。自分しかないのです。自分というのが一番分からない。

歌を始めなければ、こうして気仙沼に来ることもない。締め切りでぎゅうぎゅう苦しめられて「小高、今度の歌は良くない」なんて言われることもなかった。もっと幸せだったかも分からない。でも運命的になんとなくこうなった。そういうことは自分でも謎なんです。みなさんもそうだと思います。何故ここにいるんだろう。なぜ歌なんか始めたんだろう。その分からなさを歌にする。その場合に、何か具体的なもので表現する。些細な事実で表現する。それを美しいだとか悲しいだとか表現しないで「もの」「こと」で表現する。そうすると歌がリアルになってくる。

さっきの中学生の満月とスッポンなんてそうですね。満月とスッポンという対比があるから面白くなる。あるいは高校生の雨を三つ使った歌。雨を二つも使うというのはなかなかできない。こういうのは後から考えると大したことないんですね。でも作っているときは、なかなかできない。

歌は現場性がないと駄目です。現場性って何かというと、自分という現場性なんです。私という現場をすごく大事にしていく。自分の内側をしょっちゅう覗くことです。自分って一体何なのだろうか。結論を出さないで覗いたものをそのまま報告するようなつもりで歌を作るといいと思います。

自分の現在はこうなんです。明日になるとまた変わるかも分からないから、結論づけてはいけない。私はこういうものだとか、私はつまらない者なんです、と言っては駄目です。つまらなくたって、面白くなくたって、それは自分なんですから、どうつまらないのかを書くべきなんです。こういうところが老いの歌のひとつの問題点です。

最後にまとめを付けましたが、これはすごく大事なことです。ゆとりを持とうということです。オノマトペとか比喩もとても大事です。オノマトペの作品は意外に少ない。オノマトペとはガアガアとかゲーゲーという擬音ですね。それにガリガリだとかの擬態語ですね。それをみんなでもっと面白く作りましょう。普通のガアガアとかギイギイとか、そういうものでは面白くない。もっとおかしなオノマトペを自分で作ってみる。そういうチャレンジが大事です。

比喩も大事です。皆さんは比喩をあまり使わないんですが、その比喩も普通では面白くない。「桃のような頬っぺ」だとか「リンゴのような頬っぺ」と言っても面白くない。とんでもない比喩を考えてみる。チャレンジしてみる。「大船渡線のような昨日」なんていうと面白そうですね。なぜかというと大船渡線って山の中をずうっと走るのであまり景色がよくない。そうすると「大船渡線のような昨日」なんていうと、何か分かるような気がする。このように自分で違うものをくっつけてみる。そしてうまくいくか、いかないかを試してみる。オノマトペとか比喩という技術は大事です。

そして自分だけの細部に拘る。その細部を大事にする。分からなくともいいから細部に拘る。つまり「わがままの勧め」です。もう今更何を言われてもいいからわがままにやってしまおう。勝手でいい。失敗を恐れない。失敗作だったなと思ってもいい。そういうようなことを考えてみる。

何度も言いますが、分かってもらいたい症候群からの脱却です。そのためにはテレビとか新聞から離れることです。テレビとか新聞の影響が多い。みんな同じような歌になります。イラク戦争が始まればみんな戦争の話になる。内閣を放り出せばみんなそんな歌になる。これでは全然個性がない。新聞見出しと同じになってしまう。そうじゃなくてそこからずらす。

そのために歩くことです。歩いて発見することです。きょうは紅葉がきれいだなといった発見ではなくて、細かいことを発見する。そのためにも外へ出る方がいいと思います。もうひとつ大事なことは相聞の気持ちを忘れないことです。いとおしむ気持ち。これは単に人間同士だけじゃなくて、花とか木とか子供とか、あるいは鴉だとか雀だとか、何でもいいんです。そこにいる蝶々でも何でもいい。そういうものをいとおしむ気持ち、これが歌を豊かにします。

短歌は叙情詩です。しかし、普通の叙情ですと、われわれは見飽きしてしまう。千三百年ずうっと桜の歌があるんですよ。桜の歌を作る場合に、そういうものを考えると、なかなか巧くできない。固有性を出すにはどうしたらいいかということを考えないと歌ができなくなります。

短歌やる人って皆謙虚で割と控えめで、人の言うことを何となく分かるという。今日もいっぱいメモとっている方がいますが、小高の言っていること下らないと思ってる方がたくさんいたっていいわけですよ。俺は違うよと、そのくらいの感じでやらないと、歌はますます小さくなってしまう。

この千三百年でどれくらい歌数作られているか分かりません。恐らく何億と作られているでしょうね。そのなか新しいものは何かというと、くりかえしますが、自分なのです。我です。年をとるということはすごく新しいことです。新鮮な体験です。七十歳というのは一回しか体験できないのです。自分の六十四歳というのは一回しか体験できない。しかもあっという間に過ぎてしまう。もっと自分の細部に拘って七十歳なら七十歳の、八十歳なら八十歳の、自分の毎日で何が変化するのか、メモするだけで歌になる。コツとかヒントはいっぱいあると思う。それをチャンスだと思って作っていただくといいんじゃないかと思います。

最後になりましたが、宮崎信義さん（一九一二〜）の歌です。宮崎さんは自由律の人ですが、定型ではないのでこういう不思議な歌もあります。

骨壺に入って家へ帰ってきた静かに経を読むのは私
である

これは何だかよく分からないですね。自分が帰ってきているのか、他人が帰ってきているのか、よく分からない。でもこの人九十六歳か七歳です。何か変な感じでいいですね。あるいは、

もうどうなってもかまわぬとは思わない半歩でも一
歩でも前へ出たい

あの坊《ぼん》が——言ってくれた人はとうにいない私はそ
の時の坊です

よく分からないんですが、だけどこういう歌を作れるという感覚はとても大切だと思います。

自分をもう少し見詰めて、自分でも分からないところを探り当ててそれを歌にして下さい。皆さんの世界がまだまだいっぱい広がってくることだと思いますので、頑張っていただければと思います。長時間ご静聴ありがとうございました。

（'08年9月28日　於ホテル望洋）

内面に断念と希望の力

大岡　信

小高さんは団塊世代のやや上に位置する年齢で、少し上には歌人として優れた先輩たちが数多くひしめき、下からは息子、娘たちくらいの若い人たちから迫られて、追い詰められた気持ちになることが多いようだ。

企業内では、決定権を持つ責任ある立場だが、「Aだが、Bでもある」と決定にためらいを強いられる。だが、彼の声ははっきりと聞こえてくる。血刀を引っ下げて、何かと戦うということをやってきた人だ。内面に断念の力と希望の力がひしめいている。

「居直りをきみは厭えど組織では居直る覚悟なければ負ける」の作品で分かるように正直さがにじんでいる。居直ることは好きじゃないのに、そのくせ、断念の潔さを追究している。必然的に作風は実にきれい、さっぱりした特色を帯びることになる。

知的で明せきな切り抜き

岡野弘彦

現代歌人は、批評家としての仕事を兼ねていることが多い。両方で活躍するのは大変に困難なことだが、小高さんは、くっきりとした業績を双方に示している点で高く評価できる。

われわれ戦中派の人間は、短歌を情念で押していく作り方をする、対照的に、五十代の歌人は、知的で明せきな切り抜き方を作品の上で示す特徴がある。

小高さんも、そう明で割り切った作品の傾向を見せる。しかし、わたし個人は、そう明に完結すると同時に、少し余った感じのする作品が好きだ。

これから日本の短歌を背負っていくのは、五十代の歌人たちだ。小高さんの受賞は、彼らの大きな励みになるはずだ。

背後に先端的な生き方

馬場あき子

小高さんの一貫したテーマは「死」。本人の周囲に早死にした同僚が多かったためか、生き残った者として死者を見詰めている。生き残ったことは、はたして勝ち残ったことなのか――。死者を通して自分の人生を考える。

「八紘《はっこう》という名の友ありて勝義という同僚《とも》のありわが同世代」。友がどういう生き方をしたのか、気になってならないのだ。友が死に自分が生き残ったが、逆の場合もあり得た。

人生を重く受け止めながら軽く歌っているが、その背後を読むと、現代の先端的な生き方につながる人間性が出ている。評論においても、五十代の論壇のけん引者として非常に力があり、発言に信頼があるという点で、歌集とともにすぐれた存在の人といえる。

問いを平易な表現で

伊藤一彦

小高さんは高度経済成長、あるいはバブルを経てほころびが見え始めた社会や企業、家庭を、自分をモデルとして描いている。読みやすく、しかもユーモアを漂わせ、かなり考えて歌を作る歌人だと思う。

「身をまかせた流れたのしめ結論を追わぬ生き方鴨を見習え」。結論を出そう出そうとあせりがちだが、不安定な中でも耐えていこうではないか、という気持ちがこの歌だ。

何のため、どういうことで自分は人生を生きてきたのか。馬場先生も指摘されたが、同年代の者がある時は死に、ある時け職場を去る。企業戦士として働いてきた今、私たちは、あるいは日本はどうあればよいのかという問いを平易な表現で、温かみを持って歌うところは、小高さんの大きな特徴といえるだろう。

牧水の横顔

編集者として

小高　賢

編集者稼業がもう三十年以上にもなる。短歌よりつきあいはずっと長い。ベテランといえば聞こえがいいが、ほかに向く仕事がなかったというのが正確なところである。編集者の日々をいくら説明してもなかなか理解してもらえない。お茶やお酒ばかり飲んでいて、遊んでいるようにしか見えないからだろう。

浩瀚《こうかん》な大悟法利雄著「若山牧水伝」を読むと、牧水もこの編集という仕事に魅せられていたようだ。すでに延岡中学校時代に交友会の雑誌部長をつとめ、企画だけでなく、予算から印刷所の交渉まで才能を発揮していたという。

そういう自信もあったのか、早稲田を卒業して職業としてまず考えたのが、雑誌の発刊であった。幻となった「新文学」のプランはいま見てもなかなか新鮮である。

小説・短歌・俳句・詩・評論のほか、「群雄割拠時代」

という文壇の新運動を馬場孤蝶などに語らせ、さらに『『乱れ髪』は如何に、何故に吾等青年の血を躍らしめたりしか」という欄をつくり、勇、啄木、夕暮、白秋などに寄稿させようとしていた。タイトルだけ見ても、刺激的で、鋭い編集感覚が見てとれる。

エディターシップは企画だけでない。執筆者の選択にもあらわれる。イキのいい新人をどう発掘するか。それも大事な仕事である。また新しいテーマに執筆者をチャレンジさせることも必要なことだ。こんな企画を彼に書かせたらという風にいつも夢想している存在なのである。

相手がまるで騙《だま》されるように執筆を引き受けてしまうことも少なくない。優秀な編集者また騙りの名人でもある。東雲堂書店から委託を受けて編集した「創作」の目次を見ると、有名な文学者がかなり書いている。牧水もなかなかのすご腕であったことが分かる。

その集大成が、晩年の長詩、散文詩、短歌、俳句、民謡、童謡などすべてを網羅する詩歌総合誌の「詩歌時代」の発刊である。

牧水がとった刊行スタイルもまた興味深い。長年つとめた雑誌歌壇の投稿者を勧誘し、店頭でなく直接購読してもらうという。さらに短歌・俳句などの投稿に大々的な懸賞をつける。一等一人百円、二等二人二十五円、三等三人十円。特別定価一冊六十銭にしては豪華である。

直接購読者数は三千を超えたらしい。いまのレベルで考えてもすごい。しかし、残念ながら採算がとれなかったようだ。郵送料などさまざまな費用がかかりすぎたという。結果として大失敗で、莫大な借金が残った。返済のための揮ごう旅行がそこから始まることになる。つまり雑誌創刊は牧水のいのちを縮めてしまったともいえる。

中年の無謀な挑戦とふつう思うにちがいない。しかし私には大勝負したくなる牧水の気持ちが分からなくはない。編集という仕事はそのような山師的な夢をつねに誘うものがあるからである。

生涯を通し、プランナーとして牧水は大変優秀であったことは間違いない。編集者の典型的なタイプとして、十分魅力的である。しかし正直いうと、計数的には綿密さに欠けるところがないとはいえない。その辺が歌人牧水なのだろう。伝記を読んでいると、傍らについて編集を手伝いたくなってしまう。

声を欲する短歌

短歌にはじめて出会ったのは中学生のときである。国語の授業で、突然「白鳥は哀しからずや空の青海のあをにも染まずただよふ」と啄木の「たはむれに母を背負ひてそのあまり軽きに泣きて三歩あゆまず」という周知の名歌を、先生が朗詠してくれた。初夏の汗ばむような季節だった。

なにか呆気にとられるほど強烈な体験であった。いまから思うと先生の朗詠はあまり上手ではなかった。そのせいもあって聞き終えて、恥ずかしさを感じてしまった。自分の内側をのぞかれたような感情が働いたのかもしれない。自分のことではないのに、照れくさくて仕方がなかった。

警戒心のシグナルが働いたのだろうか、以後私は詩歌に無縁で青春期をすごした。それがよかったのか、悪かったのか。

三十歳すぎてから、偶然のきっかけで短歌に手を染めるようになった。はじめの朗詠体験がトラウマになったのだろうか、自分の作品も、他人の作品も声に出して読むときに、躊躇《ちゅうちょ》を感じる。ついついつっかえてしまう。また棒読みになりがちになる。

お前の読み方ではいい歌も台無しだと、いつも師匠に怒られる始末である。情感たっぷりに作品を読み上げる歌友も少なくないが、私はいつまでも、怒ったようにしか読めない。

牧水は大変朗詠が上手だったらしい。お弟子さんもうまく、酒でも飲んで朗々と歌うのはまことに見事なものだという。白秋に「観照の度が象徴の域まで参入しない」「技巧の飢えにも微細な苦心を楽しまない」という友人らしい辛口批評がある（「牧水逝く」）。そのあとつぎのようにいう。

そのようなことが起こるのも牧水があまりにも美声で朗吟が巧みすぎたことによるというのだ。つまり歌の持つ一音一語の本質や、感味、連関、調律という微細なところを彫琢するよりも、自分の声でその欠点を繕ってしまうというのである。なるほどと思った。そのくらい牧水の朗詠は素晴らしかったのだろう。

先の「白鳥」の歌でも、あるいは「白玉の歯にしみとほる秋の夜の酒はしづかに飲むべかりけり」でも、つい声をあげて読んでみたくなる。声に出すのが恥ずかしい私ですらそうなのである。つまり牧水の作品は読み手の声をどこか欲するのである。近代・現代の短歌のなかでも珍しいのではないか。

例えば白秋はどうであろうか。自分でひそかに試してみたが、意外に気分は乗らない。牧水の印象とかなりちがうのである。ビロードのような白秋の韻律も朗詠にはおそらく適していないのだろう。

茂吉はどうであろうか。それもぱっとしない。牧水の独自性はこのようなところでは際立っている。牧水短歌の秘密はそこにあるのではないか。

いま現代短歌では朗詠が盛んである。岡井隆から穂村弘まで、いろいろな歌人が試みている。もし牧水が生きていてそのなかに入ったらどんな感じになるのだろうか。想像するだけでたのしい。

想像のついでにいえば、もし国語の先生の朗詠がもう少しうまければ、私も牧水ばりに堂々と、自信をもって舞台に立てたかもしれない。さらにその結果、私の歌もいまよりずっと艶やかになったかもしれない。ちょっぴり残念な気もする。

酒飲み心理の裏側

少し前に「酒飲みの自己弁護」や「酔っぱらい読本」といった単行本が話題になった、なにかにつけて飲み、酔っぱらい、そして二日酔いになる。しかし、懲りずにまた飲んでしまう悲しい性質。始末に悪いのだが、なんとなく憎めない彼らの生態がおもしろく書かれていたと記憶している。

牧水もその一人である。しかも彼は酒飲み番付のかなり上位にランクされるだろう。その見事な飲みっぷりのエピソードは、多くの回想にたくさん残されている。また酒についての短歌は、ほかの誰よりも多いだろう。

門下生の手によって「桜・酒・富士」というアンソロジーが、十三回忌に編まれたのも、いかにも牧水らしい出来事である。

かんがへて飲みはじめたる一合の二合の酒の夏のゆふぐれ

酒やめむそれはともあれ永き日のゆふぐれごろにならば何とせむ

妻が眼を盗みて飲める酒なれば惶《あわ》て飲み噎《む》せ鼻ゆこぼしつ

いかにも酒が好きだなあといった歌である。二首目は医者に酒を止められるときの作品である。夕方になったらどうしようか、というのである。なんとなく微苦笑を誘っておかしい。こういう作品を見ると、酒飲みとしての力量の差をつくづく感じる。私たちは逆立ちしてもかなわない。

牧水もそうであるが、なぜそんなに酒を飲むのだろうか。酒そのものがうまいからだろうか。もちろんそうなのだが、どうもそれだけではないような気がしてならない。牧水の追悼文のなかで空穂がこんなことをいっている。ちなみに空穂は下戸である。あるとき訪ねてきた牧水は、「君はまた、何だってさかんに飲むんです」と問いかけた。すると牧水は急に陰うつな、泣き出しそうな顔になり、改まった口調で次のようにいったという。「そう言わないでください。実はぼくは、朝起きると、陰気な、さみしい、どうにもやり切れない気分になるんです。何かしようと思ってもできないんです。それで一杯飲むんですが、飲むと初めて普通の気分になれるんです。好きで飲むんじゃなくて、仕方なしに飲むんです」といったという。

牧水がすべて「仕方なしに」飲んでいたかどうかはわからないが、反面の真実のような印象もある。自分の内側にあるいいがたいものの存在。広く愛唱される作品の底に、そういった陰気な、さみしい、やりきれない、明治後半に青春期を迎えた人間の感情を私たちは想像しなくてはいけないのではないだろうか。

一九〇三年五月、日光華厳の滝に「巌頭之感」を残し投身自殺した藤村操や、二六歳で死んだ啄木なども同世代である。時代への漠とした気分は、牧水も共有していたにちがいない。

紛らわすといったら誤解を招くかもしれないが、酒も、短歌も、あるいは朗詠も、旅も、牧水の内面に牢《ろう》固《こ》として腰を据えてしまったいいがたきものとの、いわば戦いの道具であったのであろう。

肝硬変であったというから、若いころからの飲み過ぎが原因である。しかし、酒を飲まなかったらという「もし」はあまり意味がないだろう。飲むことによって、牧水は生きがたい四十三年間という時間と、はじめて折り合いをつけられたのではないだろうか。

（二〇〇一・二月三～五日　宮崎日日新聞）

著書解題

草田照子

【歌集】

第一歌集『**耳の伝説**』

・昭和五九（一九八四）年七月一三日　雁書館刊

・A5判一五一ページ　二三〇〇円

・一九七八年（三四歳）からの三〇五首

・「全篇にわたってちりばめられている素材的特質は、家族への愛であり、自らの今日的存在を、いかにこの人間的な絆と切りはなさず思想としうるか、という主題が一貫している」と、解説で馬場あき子は書いている。

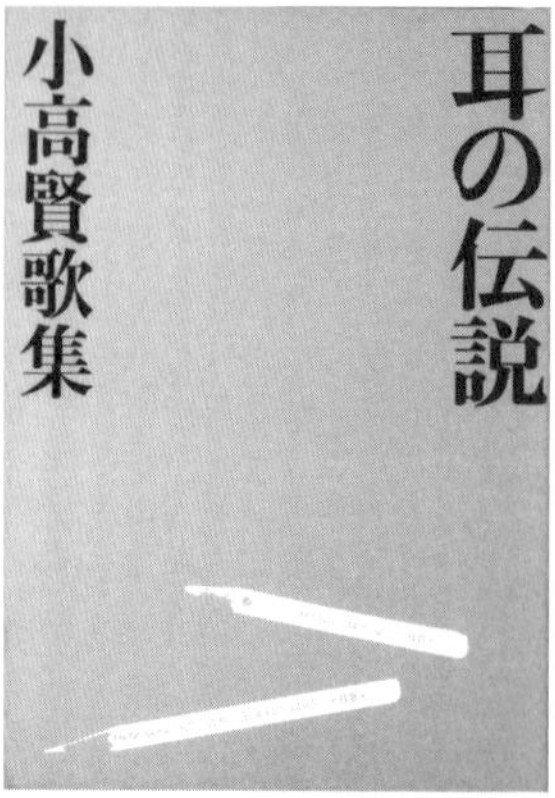

・一族がレンズにならぶ墓石のかたわらに立つ母を囲みて

・的大き兄のミットに投げこみし健康印の軟球《ボール》はいずこ

第二歌集『**家長**』

・平成二年（一九九〇）年二月二〇日　雁書館刊

・A5判一五〇ページ　二五〇〇円

・一九八三年（三九歳）からの三二〇首

・「高齢化社会が到来し、老いに至る長い時間が待っている。それにどう耐えるかという重くるしさだけでなく、生まれてもいいはずの内側からの確信のような手ざわりにぶつからないのだ。それが、おそらく家族という場所＝理念に執着する理由なのでもあろう」（あとがきより）

・雨にうたれ戻りし居間の父という場所に座れば父になりゆく

・鷗外の口ひげにみる不機嫌な明治

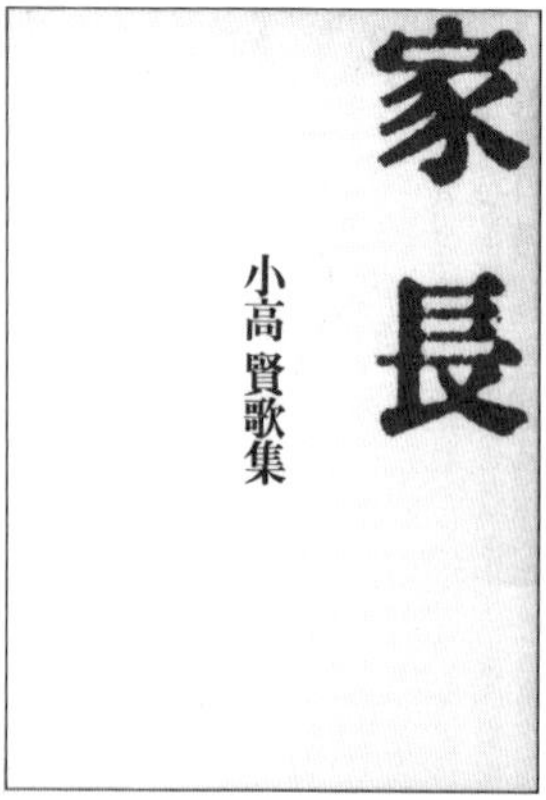

の家長はわれらにとおき

第三歌集『太郎坂』

・平成五（一九九三）年五月五日　雁書館刊

・A5判一七四ページ　二四二八円

・一九八九年（四五歳）からの三八四首

・「躊躇やためらいをもちながらも、踏み出していきたいと思っている。私たちの残された時間を考えると、いま言っておかなければ、いまやっておかなければということが少なくないからだ。黙っているとどんどんおかしなことになってしまう」（あとがきより）

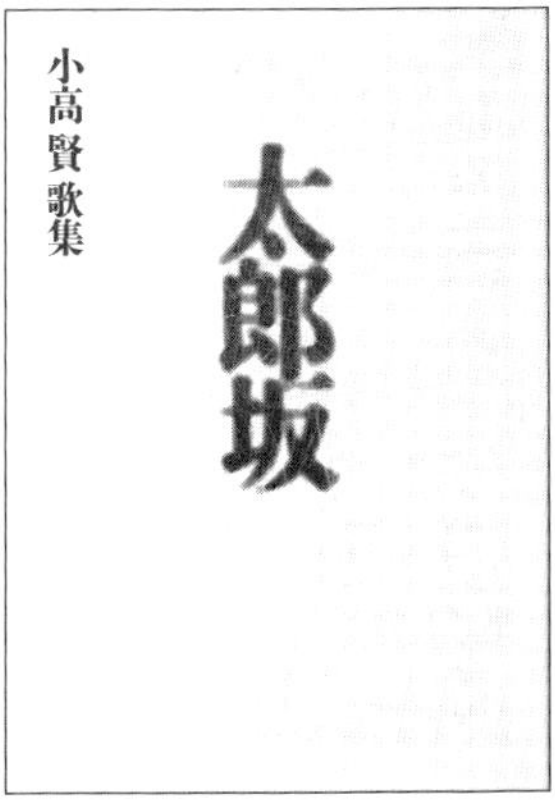

・この席に太郎すわらばほほえみの写真の主は白髪のわれ

・わが家の持統天皇　旅を終え帰りてみればすでに寝ねたり

第四歌集『怪鳥の尾』

・平成八（一九九六）年一二月一五日　砂子屋書房刊

・A5判一八八ページ　三〇〇〇円

・一九九三年（四九歳）から一九九六年（五一歳）の四一六首

・「短歌をつづけていると、他者の評価がどうしても気になる。しかし正直いって、以前よりずっとその比重が少なくなってきた。つまり、私はどこまでいっても私なのだという、断念とも開き直りとも判別のできない気分が濃厚になってきているからだ」（あとがきより）

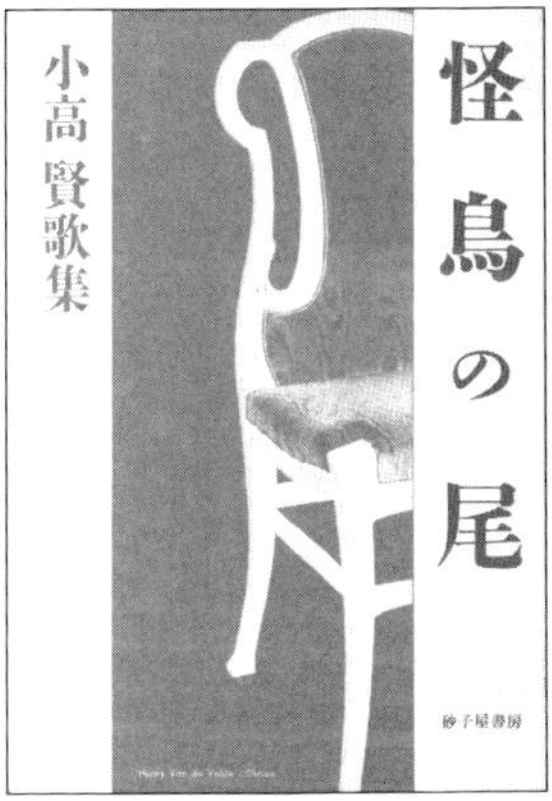

・枇杷ふとりゆるらにふとり金色の雨をうけつつしずかに灯る

・男壮《おざか》りを遺す写真に病室が戦場と化すまえのほほえみ

第五歌集『本所両国』

・平成一二（二〇〇〇）年六月一五日　雁書館刊

・A5判一九八ページ　三〇〇〇円

・一九九六年（五三歳）から一九九九年（五五歳）までの四四四首

・「気持ちにゆとりがないだけではない。先行きに不安が少なくないか

らだ。身体のこと、家族のこと、あるいは仕事のこと、数え上げればきりがない。結局なるようにしかならないと開き直る以外ないのかもしれない。その意味ではずいぶん図々しくなった」（あとがきより）

・雲払う風のコスモス街道に母の手をひく母はわが母

・多分おそらく老いのはてには完熟の恋のあるらん降りないぞまだ

・平成一三年第五回若山牧水賞受賞

第六歌集『**液状化**』

・平成一六（二〇〇四）年七月一三日　ながらみ書房刊

・A5判一八八ページ　二八〇〇円

・一九九九年（五五歳）から二〇〇三年（五九歳）までの四一七首

・「息子のことをあれこれ心配する母親もいなくなったので、二〇〇三年三月をもって、三十五年におよぶ編集者生活にみずから終止符を打つことにした。それも大きな出来事である。最後の時期に担わされた編集現場から離れた職務がどうも肌にあわず、近年は人間関係などで愉しまないことが多くなったことが背景にある」（あとがきより）

・夕日から長い腕《かいな》の伸びてきてわずかにのこる柿に触れたり

・職棄つるすなわち職に棄てらるる切刃のごとき風はせめ来ぬ

第七歌集『**眼中のひと**』

・平成一九（二〇〇七）年一〇月三一日　角川書店刊

・四六判一七七ページ　二五七一円

・二〇〇三年（六〇歳）から二〇〇六年（六三歳）までの四二〇首

・「『青眼高歌望吾子　眼中之人吾老矣』という一節が杜甫「短歌行贈王郎司直」にある。そこから拝借した。「青眼」ではなく、老いを感じはじめている杜甫にも似た自分の気分にふさわしいと思ったからである」（あとがきより）

・うらわかき恋に骨格あるころの岩

波新書『日本の思想』
・「欲しいものないか」と子らのメールきて父の日の朝「ない」と応える

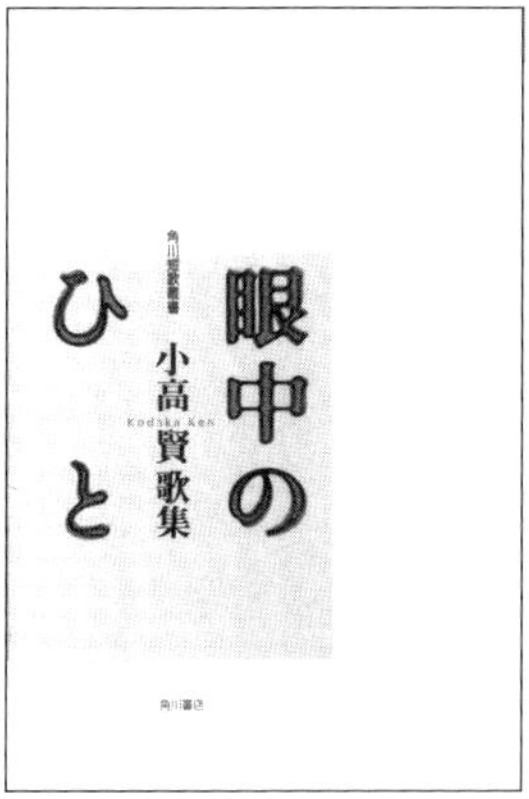

第八歌集『長夜集』
・平成二二（二〇一〇）年九月二〇日　柊書房刊
・四六判一九三ページ　二五七一円
・二〇〇七年（六三歳）から二〇〇九年（六五歳）までの四三八首
・「一見、豊かさや成熟が待っていそうな人生後半。しかし、その裏側にかならず孤独と怒りが、息をひそめて張り付いている。そんなことに気づくことも多かった。時間は人間を変えてしまうものだ」（あとがきより）

・いくつぐらいまで生きたいのかと聞かれたり娘の何気なき率直な問い
・晩年は見ざる聞かざる言わざるにつくことにする　とはいえざれど

『小高賢作品集』
・平成一九（二〇〇七）年二月二〇日　柊書房刊
・A５判四六五ページ　五四二九円
・『耳の伝説』『家長』『太郎坂』『怪鳥の尾』『本所両国』『液状化』の六歌集二二八六首を収める。
・「小高賢は『どのように生きるか』という問題を、つねに考えてきた歌人である」として、「しばしば『歌のうまさよりも心が大切だ』というような発言をする。小高はレトリックをあまり信用していない。しかし、自分が生きているなかで感じたものを、嘘のない言葉であらわそうとする意識は非常に強いのである」と、吉川宏志は解説に記す。

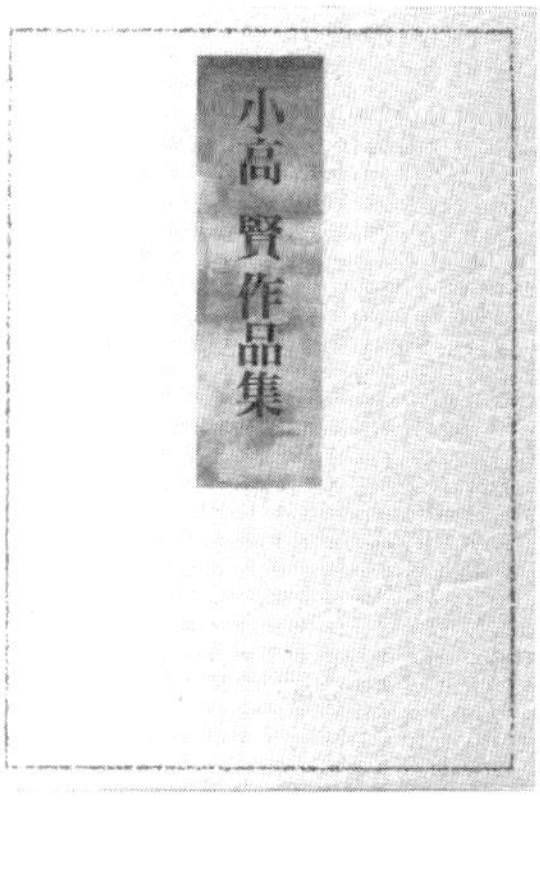

【歌書】

『批評への意志―現代短歌の可能性』

・平成元（一九八九）年七月一〇日　雁書館刊

・四六判二五三ページ　二五〇〇円

・「現在、日本の文学とりわけ批評の世界において、変貌は著しい。次々と同世代の刺激的な評論が発表されている。それらを読むにつけて、現代短歌においても評論がもっと力強く切り開いていかなければならないという思いにかられる」（あとがきより）

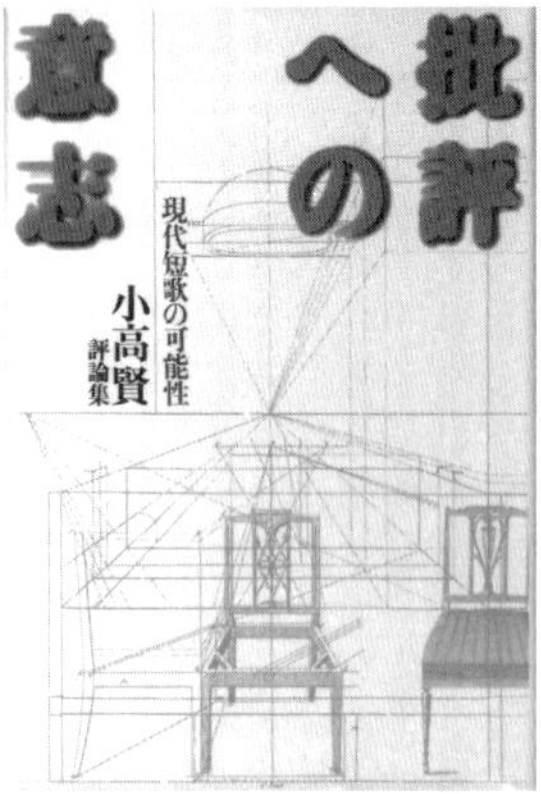

『鑑賞・現代短歌六　近藤芳美』

・平成三（一九九一）年七月二〇日　本阿弥書店刊

・四六判二五三ページ　一八〇〇円

・「現在の近藤芳美作品に少なからぬ批判のあることは、私も承知している。しかしその批判を認めたうえで、大きいものが何か残る。その何かを追究したいとずっと考えていた。そのひとつは、人間における格の問題である。抽象的でうまく説明できないところがあるが、近藤芳美という歌人と、その作品からたちあがる匂いが品格を醸しだしていることである」（あとがきより）

『宮柊二とその時代』

・平成一〇（一九九八）年五月二一日　五柳書院刊

・四六判二七〇ページ　二二〇〇円

・「なぜこんなに宮柊二にひかれるのだろうか。自分の内側をのぞくような、そんな疑問と興味がおそらく本書に向かう根本の情熱になっているのだろう。宮柊二を軸に、自分の

日常を位置づける。宮との距離を計ることで自分のこれからを考える」（あとがきより）

『転形期と批評—現代短歌の挑戦』

・平成一五（二〇〇三）年三月二〇日　柊書房刊

・四六判三二一ページ　二五〇〇円

・「改めて近年の短歌の変貌のはげしさを確認した。第一部はそのはげしさに出会った記録のようなものと理解していただきたい。年齢のせいかもしれないが、現代短歌の変貌ぶりに顔をしかめることも少なくない」（あとがきより）

『現代短歌作法』

・平成一八（二〇〇六）年一二月二五日　新書館刊

・四六判三〇四ページ　一八〇〇円

・「短歌という詩型の前には人々は平等にふるまえた。そこにはことばに対する信頼や共通感覚が存在したからである。しかし、そういう誇るべき遺産が、私たちの前から消えつつあるのではないだろうか」（あとがきより）

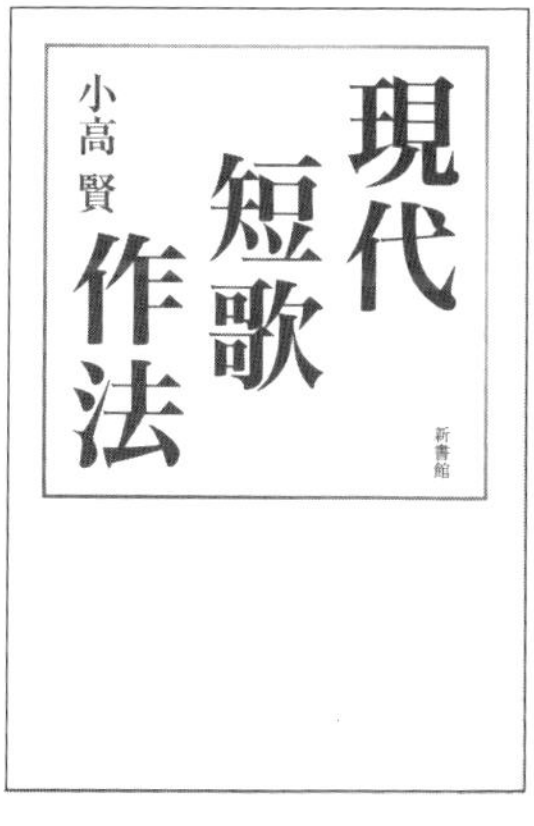

『この一身は努めたり—上田三四二の生と文学』

・平成二一（二〇〇九）年四月五日　トランスビュー刊

・四六判三一一ページ　二八〇〇円

・「短歌研究」二〇〇五年五月号から二〇〇八年四月号まで連載された「上田三四二　その文学の軌跡」に加筆したもの。「才を恃むのではなく、真面目に励めば何かが生まれる。上田は、こういう信念に生きた文学者だったと思う。上田三四二の作品は、短歌という詩型のあり方を象徴しているようなところがある」

（あとがきより）

『老いの歌—新しく生きる時間へ**』**
・平成二三（二〇一一）年八月一九日　岩波書店刊
・新書判一九五ページ　七〇〇円
・「多様で幅広い作品のおもしろさを知ってもらいたい。それは老いそのものを知ることでもあり、短歌の豊かさを味わうことでもある。同時に、自分たちに到来する・している〈老い〉を、見つめなおすきっかけになるはずだ」（あとがきより）

『句会で遊ぼう　世にも自由な俳句入門**』**
・平成二四（二〇一二）年九月三〇日　幻冬舎刊
・新書判二四三ページ　八〇〇円

【インタビュー】

『私の戦後短歌史—岡井隆**』**
・平成二一（二〇〇九）年九月十日　角川書店刊
・四六判三一八ページ　二六六七円
・「文学・短歌に、現在でも岡井さんは少年のように純粋で真っ当である。いまだ、ジャンルをこえ、新しい文学、美しい韻律、興味ある対象、刺激的な文体に、好奇心一杯に立ち向かう」（あとがきより）

編著**『現代短歌の鑑賞１０１』**
・平成一一（一九九九）年五月一五日　新書館刊
・Ａ五判二一五ページ　一四〇〇円

編著**『近代短歌の鑑賞７７』**
・平成一四（二〇〇二）年五月二二日　新書館刊
・Ａ５判二四〇ページ　一八〇〇円

編著**『現代の歌人１４０』**
・平成二一（二〇〇九）年一一月五日　新書館刊
・Ａ５判二九七ページ　二〇〇〇円

【その他】

『編集とはどのような仕事なのか—企画発想から人間交際まで』
・平成一六（二〇〇四）年三月五日
　トランスビュー刊
・四六判二四五ページ　二二〇〇円

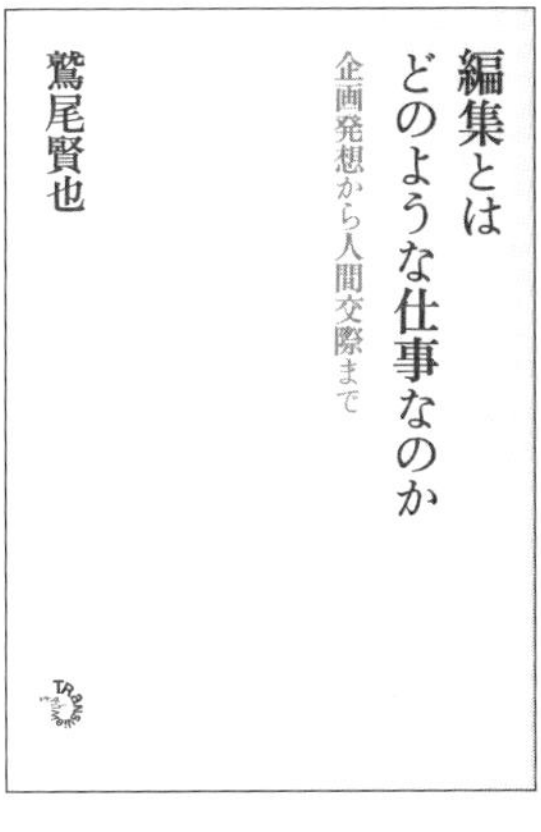

インタビュー　上野明雄・鷲尾賢也
『わたしの戦後出版史—松本昌次』
・平成二〇（二〇〇八）年八月五日
　トランスビュー刊
・四六判三五二ページ　二八〇〇円

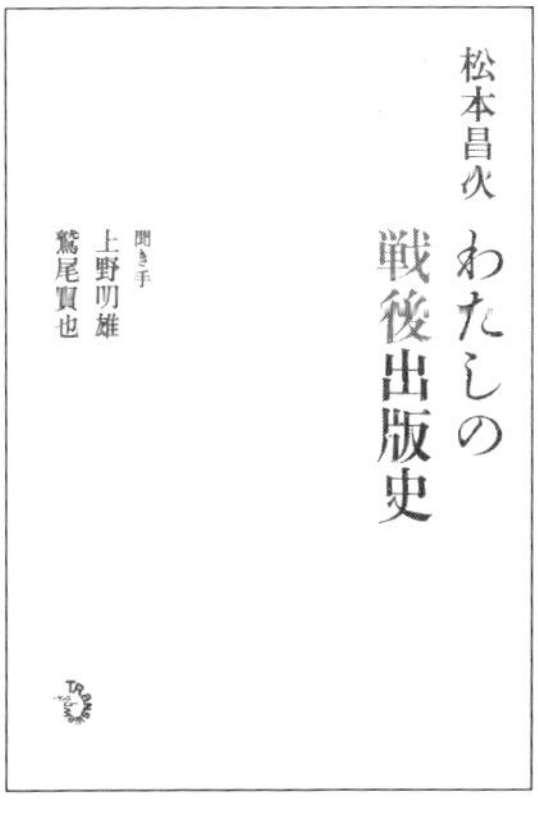

共著　粕谷一希・寺田博・松居直・鷲尾賢也『編集者とは何か』
平成一六（二〇〇四）年四月一日
藤原書店刊
・四六判二四〇ページ　二二〇〇円

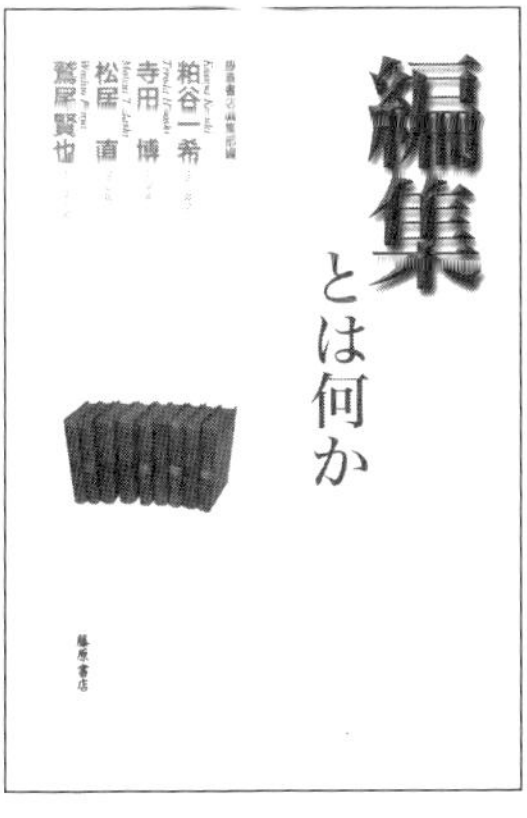

小高賢自筆年譜

一九四四（昭和十九）年　〇歳

七月十三日、東京下町に生まれる。六歳上に兄、六歳下に妹がいる。本名は、鷲尾賢也。「かしこいなり」と名づけた親の願望と図々しさ。かなり恥ずかしい。秋口に疎開。両親ともに東京人のため、近所の方の実家を頼って、身延線甲斐常葉という寒村に、祖母、母、兄とともに移る。中風の祖母、それに乳飲み子で、病弱な私の世話で、どれほど苦労したかというのが、晩年の母の繰り返した愚痴である。確かに、私の身体には切開した跡がいくつもある。脳膜炎になり、首を振ったとも聞かされていた。父は昭和二十年三月十日の大空襲を隅田川に浸かって助かったという。

一九五一（昭和二十六）年　七歳

早く東京に戻らなかったために、たくさん持っていた家作などもなくなった。そのことで長らく父を責めていたが、母も呑気だったのである。甲州弁がひどくなり、私の小学校入学が迫ってきたので一九四九年ごろ、ようやく東京に戻った。母も、わたしの子どもも通った墨田区立中和小学校入学。小学三年のとき学校から見にいった木下恵介・高峰秀子の「二十四の瞳」に感銘。戦争はいけないと、幼心につよく思った。毎日、野球に明け暮れる生活だった。疎開以外、現在地を離れていない。

一九五七（昭和三十二）年　十三歳

墨田区立竪川中学校入学。警職法、勤評反対運動で、先生がデモしているのを見たりしていた。ポール・アンカ「ダイアナ」、ニール・セダカ「恋の片道切符」などが流行っていた。掃除時間に箒をギター代りに真似をする友人も多かった。三年のとき、水原弘「黒いはなびら」が大ヒット。受験というはじめての試練のときだけに、身に沁みた。まだ、クラスの三分の一近くは進学しなかったのではなかったか。

一九六〇（昭和三十五）年　十六歳

東京都立両国高校に入学。その年の五月、安保反対闘争がピークに達していた。牢獄高校といわれるくらいの暗い受験校であった。理科系に行こうと思っていたが、あまりにも物理ができず、文科系に志望を変える。高校にはいやなイメージしかない。野球部に入ったが、球拾いばかりなので、たまには打たせてくださいなどといったら、たちまち上級生の顰蹙を買い、すぐ止める。ついふらふらと、体育館で練習をしていたバドミントン部に入部。「西洋羽根突き」とバカにされながら、三年間がんばってしまった。

一九六四（昭和三十九）年　二十歳

一浪の末、慶応義塾大学経済学部に入学。その年の冬から翌年にかけて、学費値上げ反対闘争がおこる。いわゆる学園紛争のはしりである。マルクス主義関係のもの、サルトル、ヴェーバー、丸山眞男など熱心に読む。次第に、歴史に関心が移り、経済思想史、社会思想史を専攻する。卒論では佐久間象山・横井小楠から福沢諭吉への思想的変遷をたどった。また思想の科学編『転向』（平凡社）に触発される。卒業前の夏休み、八王子セミナーハウスで、丸山眞男ゼミが開かれ、そこに参加。以後、先生を中心に、いろいろな大学の友人たちと付き合いが続いている（先生が亡くなったあとも）。

一九六八（昭和四十三）年　二十四歳

週休二日にひかれ、キヤノンに入社。営業勤務。英語を流暢に使う自分はなかなかイメージできないが、そのまま勤めていたら、おそらくアメリカでの仕事になっただろう。当時はいまのような大会社ではなく、家庭的なおもしろい会社だった。一年七ヵ月後の、一九六九年秋、講談社に途中入社。十一月二十一日までキヤノンで働き、翌日の二十二日の土曜日も出勤し、月曜日から講談社に行くというすごいスケジュールであった。「週刊現代」に配属される。

一九七二（昭和四十七）年　二十八歳

凸版印刷との野球で、投球骨折。脱臼とおもわれ、柔道経験者に上腕を引っ張られ、押し込まれ、そこでさらに複雑骨折。全身麻酔の大手術。一ヵ月入院。いまだに腕は曲がっている。その夏、学芸図書第一出版部にうつり、おもに講談社現代新書、単行本、PR誌「本」を編集する。以後、退社するまで三十年以上の書籍編集生活が始まる。そのころ、友人の編集者に紹介され、赤羽商業定時制の先生であった馬場あき子さんを訪ねる。不思議に気があったのだろうか、何となく年上の友人のような付き合いが始まる。ご主人の岩田正さんともども、旅なども一緒するようになった。しかし、短歌にはまったく関心がなく、つい、一句といってしまい、まわりの顰蹙を買っていた。

一九七四（昭和四十九）年　三十歳

結婚。連れ合いは「あんな変わり者とよく結婚していただいて」と、私の家族から感謝されたそうである。二十九歳八ヵ月であった。岩田・馬場夫妻に仲人まで頼んでしまった。このあたりから運命が変わり始めるのである。一九七六年に長男が、一九七九年に長女が生まれる。

一九七八（昭和五十三）年　三十四歳

前年暮れ頃、突如、「かりん」を創刊するという話が飛び込んできた。「そんな結社なんて古臭いもの止めた方がいいよ。十分、文章で食べられるから」なんて、生意気な忠告を馬場さんにした覚えがある。創刊メンバーは最低五十人ぐらいほしいから、名前だけでも参加しろという。「仲人は親も同然」か、どうか分からないが、夫婦ともども創刊に参加した。もちろん作歌などする気はまったくなかった。歌人の事務能力は想像を絶するくらい低い。それに比べたら自信はある。つまり、事務局員として参加したつもりであった。丁度、その少し前から、父親が胃癌で入院、手術不能といわれていた（翌年、一九七九年死去）。そんなこともあって、ついふらふらと作ってしまい、現在にいたってしまった。三十四歳の遅い、遅い出発である。「かりん」が創刊されなければ、おそらく、いや絶対に短歌とは無縁でいられたはずである。仕事との兼ね合いもある。本名というわけにはいかないだろう。ペンネームをつけようということになった。編集者は大概「小賢しい」。だから「小界」にしようとした。あまりにもふざけていると馬場さんに怒られてしまった。結局、連れ合いの旧姓小高を借用。連れ合いは私の姓の鷲尾。うるわしい！夫婦歌人誕生の内幕である。以後、編集者との二足わらじの日々がはじまる。子どもたちにとっては、日曜日などが奪われることで、「短歌は一家の敵」となった。

一九八〇（昭和五十五）年　三十六歳

丁度、三十六歳（干支が申）の時、大島史洋、晋樹隆彦、三枝昂之らと、昭和十九年の会を始めた。最初の『モンキートレインに乗って』（短歌新聞社）からすでに四冊のアンソロジーを刊行し、出入りはあるが、現在も活動を続けている。

一九八四（昭和五十九）年　四十歳

第一歌集『耳の伝説』（雁書館）刊行。四十歳であった。遅く始めたハンデを取り戻そうという馬場さんの促成栽培の成果であっただろう。京大カードに作品を一首ごと貼り付けた原稿を、雁書館の冨士田元彦さんのところにもっていって、あきれられた。出版記念会の冒頭、近藤芳美さんのスペイン市民戦争についての長いスピーチに司会者が困ったことを記憶している。

一九八九（平成元）年　四十五歳

評論集『批評への意志』（雁書館）刊行。その年の一月七日、昭和天皇が死んだ。寒い土曜日だった。連れ合いを起こしたが、「そんなことどうでもいいわよ」と、寝坊をきめこんだことなどを覚えている。

一九九〇（平成二）年　四十六歳

第二歌集『家長』（雁書館）刊行。諧謔のつもりだったのだが、封建的なタイトルだと、女性陣から批判も受けた。

一九九一（平成三）年　四十七歳

『鑑賞現代短歌6・近藤芳美』（本阿弥書店）を書き下ろす。

一九九二（平成四）年　四十八歳

共同通信で三年間「短歌時評」担当。また、「現代短歌雁」の編集委員を二十号から四十号まで担当。

一九九三（平成五）年　　四十九歳

第三歌集『太郎坂』（雁書館）刊行。前年、二十年近く勤務した学芸局から大型企画、学術書を担当する学術局に異動。以後、同局で「選書メチエ」、「現代思想の冒険者たち」「健康ライブラリー」「日本の歴史」などを創刊する。苦労もあったが、編集者として創刊のおもしろさを満喫した。

一九九五（平成七）年　　五十一歳

現代短歌文庫『小高賢歌集』（砂子屋書房）刊行。『耳の伝説』『家長』を完本で収録。九六年にかけて一年間、朝日新聞で「短歌時評」を担当。

一九九六（平成八）年　　五十二歳

第四歌集『怪鳥の尾』（砂子屋書房）刊行。

一九九八（平成十）年　　五十四歳

『宮柊二とその時代』（五柳書院）を刊行。書き下ろしというかたちで、深く影響をうけた近藤芳美、宮柊二に挑戦できたことは感慨深いものがあった。

一九九九（平成十一）年　　五十五歳

編著『現代短歌の鑑賞１０１』（新書館）を刊行。一〇一人の歌人の取捨、それに代表作の選歌、解説と、結構、ハードな仕事だったが、自分にとって勉強になった。多くの読者をえられたこともうれしかった。

二〇〇〇（平成十二）年　　五十六歳

第五歌集『本所両国』（雁書館）刊行。同書で、第五回若山牧水賞受賞。高校時代のスポーツ功労賞以来の賞であった。また編集委員として協力していた『現代短歌大事典』（三省堂）がこの年、刊行。

二〇〇二（平成十四）年　　五十八歳

九月三十日、母死去。八十九歳。最後の一年は、老いがかなり進行し、介護する連れ合いの負担が大変だった。編著『近代短歌の鑑賞７７』（新書館）刊行。『現代短歌の鑑賞１０１』とちがい、大島史洋、日高堯子、草田照子、小紋潤、影山一男、内藤明さんのご協力によって刊行できた。

二〇〇三（平成十五）年　　五十九歳

第二評論集『転形期と批評』（柊書房）刊行。三月、取締役を最後に、講談社を退社。編集者生活の幕をみずから下ろした。定年までにはまだ時間があったが、かなり疲れてきたのも事実だし、母親の死も大きかった。編集現場から離れた管理的仕事は魅力にかけていた。以後、仕事部屋を神田神保町にもうける。「季刊現代短歌雁」五十五号（二〇〇三・九）より、評論「時代を映す鏡」を十三回連載。六十六号で終刊（二〇〇八年春）のため中絶。いずれ完結させなければと思っている。

二〇〇四（平成十六）年　　六十歳

第六歌集『液状化』（ながらみ書房）を刊行。前年の上智大学での「出版編集論」の講義をもとに『編集とはどのような仕事なのか』（トランスビュー）を本名の鷲尾賢也で刊行。また、粕谷一希、松居直、寺田博らとの共著『編集とは何か』（藤原書店）も刊行。また非常勤講師として、「食と文学」を東京農業大学で、二年間担当。人文書編集者の横のネットワークを現役時代から続けていたが（通称、「ムダの会」）、そこで書評小冊子「いける本・いけない本」を仲間と創刊。二〇一二年末、通算十七号。

二〇〇五（平成十七）年　六十一歳

「短歌研究」で「上田三四二　その文学の軌跡」の連載を始める。

二〇〇六（平成十八）年　六十二歳

『現代短歌作法』（新書館）刊行。日本農業新聞の「おはよう名歌と名句」（短歌部門）を始め、現在にいたっている。一日おきに、季節にあった一首を鑑賞する仕事はハードであるが、近現代の作品をよく読む訓練になっている。また同読者歌壇も担当。四月より神奈川大学で、「文学」「出版編集実務論」「広告文化論」などの講義を始める。少々、負担になってきたので二〇一三年で終了。また、鷲尾名による月一回「本のウチソト表裏」（毎日新聞）という出版時評を二十回連載。「論座」（朝日新聞）で、元未来社・現影書房の松本昌次さんへの聞き書き「私の出版戦後史」を連載。「かりん」（十一月号）「ふたたび社会詠について」について、青磁社ホームページでの時評担当（大辻隆弘、吉川宏志）より、批判を受ける。同欄に反論を投稿。以後、これをきっかけに、何度かの応酬があった。このやりとりは歌壇から反響を呼び、翌年、京都に於いて、「いま、社会詠は」というシンポジウムが開かれた。また、記録集『いま、社会詠は』（青磁社）という一冊が刊行された。会場で、亡き河野裕子さんが、「おもろい、おもろい」と激励をおくってくれたことをよく覚えている。このころから、仕事場のある神保町の友人たちと「神保町を元気にする会」の発足に動き始める。岩波ブックセンターの柴田信さん、三省堂の亀井忠雄さん、八木書店の八木壮一さんなどとともに、会合を重ねる。小冊子「神保町が好きだ！」を古本祭りにあわせて刊行。以来、その集まりも続いている。

また、前年後半から、東京農業大学小泉武夫教授（現在は名誉教授）を中心にした句会がはじまる。ほぼ二ヵ月に一回、味に自信のある名店で、悪口雑言のやりとり。至福というべきか、屈辱というべきかわからない句作・披講の時間・空間をもつようになった。これを「醸句会」という。現在、会員は十三人。

二〇〇七年（平成十九）年　六十三歳

すすめもあって、『小高賢作品集』（柊書房）を刊行。第一歌集『耳の伝説』から第六歌集『液状化』までを収める。いささか面はゆいところもあったが、ありがたい上梓であった。第七歌集『眼中のひと』（角川書店）を刊行。仕事をはなれてのはじめての歌集であった。「短歌」（角川書店）五月号より、岡井隆への聞き書き「語る短歌史」がはじまる（二〇〇八年八月号まで）。

二〇〇八（平成二十）年　六十四歳

元小学館の上野明雄さんと一緒に、聞き役として参加した、「論座」（朝日新聞社）

連載『わたしの戦後出版史』（トランスビュー）を刊行。多くの書評にとりあげられる。戦後を代表する名編集者の回顧なので当然かもしれないが、編集の精神について教えられることが多い聞き書きだった。五月より、三省堂の書評ブログ「神保町の匠」スタート。それに参加しつつ、管理人をつとめ、現在にいたる。

二〇〇九（平成二十一）年　六十五歳

読売文芸歌壇の選を担当するようになる。静岡以北（北海道は別）を三、四県ずつ、毎年、順繰りに担当することになった。「短歌研究」に約三年連載していた「上田三四二　その文学の軌跡」を、『この一身は努めたり』（トランスビュー）として刊行。このような長期連載は初体験であり、苦労もあったが、やり遂げた充実感は格別だった。編著『現代の歌人140』（新書館）を刊行。姉妹版『現代短歌の鑑賞101』『近代短歌の鑑賞77』が版を重ねているということもあり、それ以後、新しい歌人も輩出している状況から、第三弾のアンソロジーを要望され、なんとかまとめた。短文ながらの一四〇人の解説を書き上げるのは、想像以上にたいへんな作業だった。多くの歌人から好評裡にむかえられてほっとした。「短歌」（角川書店）に連載していた岡井隆さんへの聞き書き『私の戦後短歌史』（角川書店）を刊行。一貫して戦後短歌を牽引してきた歌人に率直にインタビューした一冊。個人的な生活から、さまざまな場面に遭遇してきたエピソードが赤裸々に語られている。それにしても、岡井さんが文学に純真な気持ちを抱き続けていたことが、よく分かった。

二〇一〇（平成二十二）年　六十六歳

第八歌集『長夜集』刊行。六十歳代の苦い日々がつい洩れてしまっている作品だった。内外とも、愉快でないことが多く、それをなだめるために、短歌があったような気がした。二、三年まえから、友人の民俗学者・神崎宣武さんが所長をつとめる「旅の文化研究所」の運営評議員というお手伝いもスタートした（たいしたことができるわけではない）。共同研究などの席につき、老人らしいコメントをするぐらいがせいぜいである。

二〇一一（平成二十三）年　六十七歳

三月十一日。東日本大震災。原発について、いかにいままで自分が甘かったかを痛感。テレビに涙し、テレビの安易な解説にいかり、義捐金を出すぐらいしかできない自分に恥じ入った。『老いの歌』（岩波新書）を刊行。超高齢社会の現実は、母親の老いの前後から、ずっと関心をもっていた。短歌史のなかでほとんど問題にされてこなかったことをふまえ一気に書き上げた。幸い、一般読者からもたくさんの反応があり、ほっとした。「WEBRONZA」（朝日新聞社）に寄稿するようになる。活字メディアだけでない画面上の媒体の台頭に感じるところもあった。

二〇一二（平成二十四）年　六十八歳

春、六歳上の長兄悦也が突然死去。男同

士であり、意見の違うこともあったが、こんなに早く逝ってしまうとは思わなかっただけにショックだった。まわりからつぎつぎと人が消えて行く。そういう年齢になっていることを、あらためて実感した。残り時間は限られているのだ。中野重治『斎藤茂吉ノート』（講談社文芸文庫）、安丸良夫『現代日本思想論』（岩波現代文庫）の解説を書く。いずれも現代短歌とは直接の関係は遠いのかもしれないが、勉強をしながらも、時代について考えることが多かった。金曜日夜の首相官邸前の反原発デモに、時間があるたびに参加するようになる。友人と楽しんできた「醸句会」のあまりにもひどい悪口披講？に興味を覚えた編集者の依頼で、九月に畑違いの『句会で遊ぼう』（幻冬舎新書）を上梓。

二〇一三（平成二十五）年　六十九歳

一月より週一回、エッセイ「本バンザイ」を「労働新聞」に、鷲尾名で寄稿を始める。また、長くお付き合いいただいた安岡章太郎さんが亡くなる。ショックであった。第一歌集文庫で、『耳の伝説』（現代短歌社）を刊行。安岡章太郎『犬をえらばば』（講談社文芸文庫）の解説を書く。

七月より、日本経済新聞夕刊に週一回「プロムナード」にエッセイを寄稿（十二月まで）。また、「現代短歌」九月創刊より、「短歌は時代をどう表現したか」の連載を始める。

十二月に、安岡章太郎『歴史のぬくもり』（講談社）を編集刊行。解題を書く。

二〇一四（平成二十六）年

二月十日、脳出血のため急逝。享年六十九歳。

小高さんからの最後の手紙

▼小高さんから校了ゲラが届いたのは二月十日。同封されていた、前日に書かれたと思われる手紙をご遺族の承諾のもと掲載します。青インクの万年筆で書かれていました。

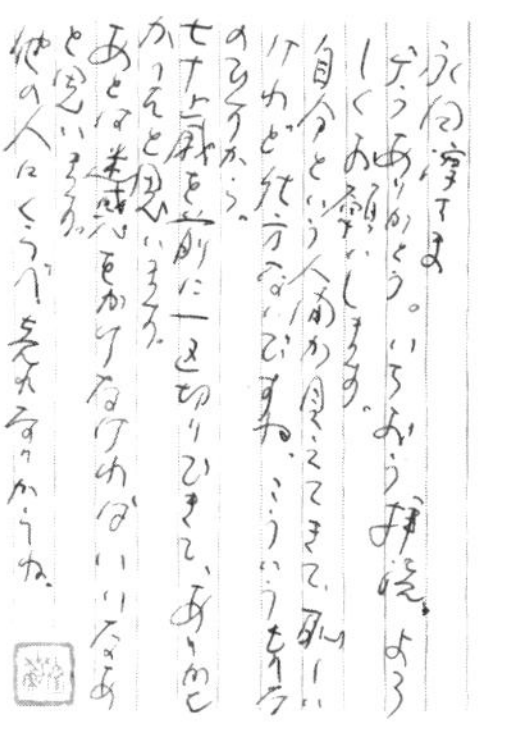

永田淳さま
ゲラありがとう。いちおう拝読。よろしくお願いします。

自分という人間が見えてきて、恥しいけれど仕方ないですね。こういうものなのですから。

七十歳を前に一区切りできて、ありがたかったと思います。

あとは迷惑をかけなければいいなあと思います。

他の人にくらべ、売れないからね。

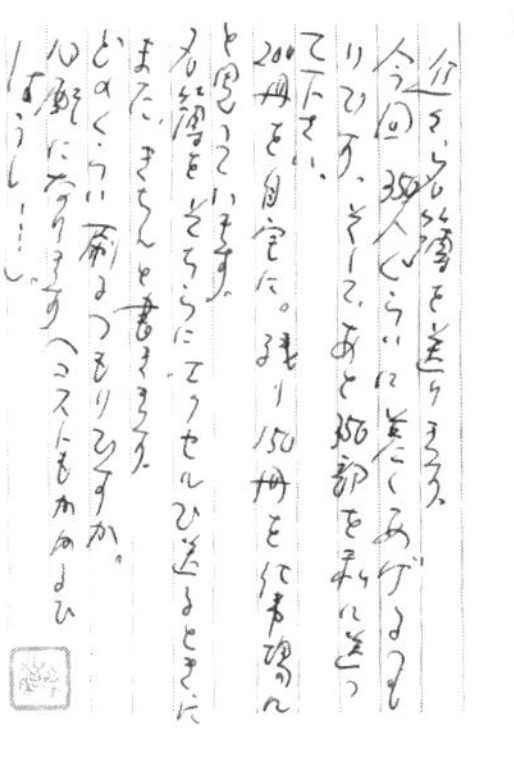

近々、名簿を送ります。

今回350人ぐらいに差しあげるつもりです。

そしてあと350部を私に送って下さい。

200冊を自宅に。残り150冊を仕事場にと思っています。

名簿をそちらにエクセルで送るときにまた、きちんと書きます。

どのくらい刷るつもりですか。

心配になります（コストもかかるでしょうし…）。

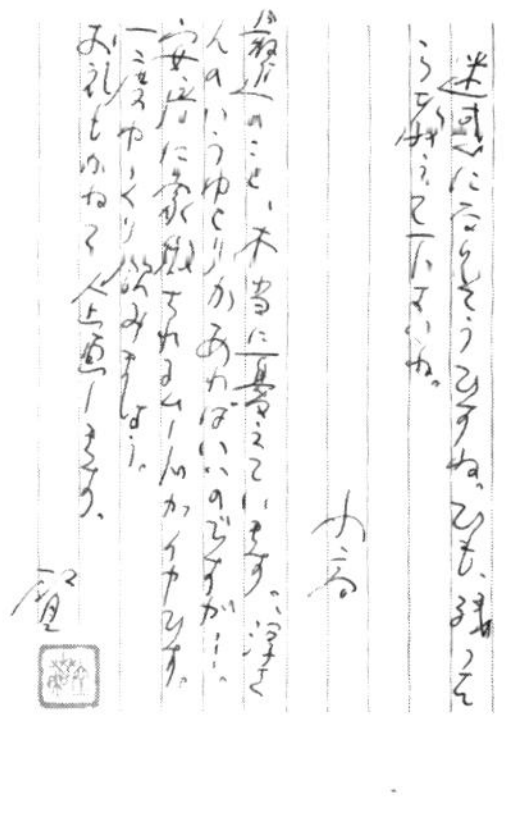

迷惑になりそうですね。でも、残ったら教えて下さいね。
小高

最近のこと、本当に憂えています。淳さんのいうゆとりがあればいいのですが…。

安倍に象徴されるムードがイヤです。

一度ゆっくり飲みましょう。

お礼もかねて、企画します。

賢

牧水賞シリーズ既刊紹介

高野公彦【三刷!】 Vol.1

伊藤一彦監修・津金規雄編集
インタビュー：高野公彦×伊藤一彦
エッセイ：加納重文、高橋順子、坪内稔典
高野公彦論：柏崎驍二、櫻井琢巳、穂村弘
対談：高野公彦×片山由美子
交友録：奥村晃作、影山一男、大松達知
作家論：津金規雄
代表歌三〇〇首選・自歌自注　他

佐佐木幸綱 Vol.2

伊藤一彦監修・奥田亡羊編集
インタビュー：佐佐木幸綱×伊藤一彦
エッセイ：鎌倉英也、平野啓子、石川連治郎
佐佐木幸綱論：高柳重信、晋樹隆彦、塚本邦雄、菱川善夫
対談：佐佐木×寺山修司
交友録：馬場あき子、冨士田元彦、小野茂樹
作家論：奥田亡羊
代表歌三〇〇首選・自歌自注　他

永田和宏 Vol.3

伊藤一彦監修・松村正直編集
インタビュー：永田和宏×伊藤一彦
エッセイ：矢原一郎、樋口覚、柳澤桂子　他
永田和宏論：塚本邦雄
対談：永田和宏×有馬朗人
鼎談：永田和宏×小池光×小高賢
三人の師：片田清、高安国世、市川康夫
作家論：松村正直
代表歌三〇〇首選・自歌自注　他

河野裕子　Vol.7

伊藤一彦監修・真中朋久編集
インタビュー：河野裕子×伊藤一彦
エッセイ：芳賀徹、天野祐吉、簗添純子
河野裕子論：小池光、坪内稔典
対談：河野裕子×吉川宏志
出会った人々：澤瀉久孝、鶴見俊輔、木村敏
作家論：真中朋久
河野裕子の素顔：植田裕子、永田紅、永田和宏
絶筆十一首
代表歌三〇〇首選・自歌自注　他

小島ゆかり　Vol.6

伊藤一彦監修・大松達知編集
インタビュー：小島ゆかり×伊藤一彦
エッセイ：山口仲美、板倉徹、辻原登
小島ゆかり論：大口玲子、穂村弘、小高賢
対談：小島ゆかり×正木ゆう子
すばらしい先輩：川崎洋、深見けん二、宮英子
作家論：大松達知
小島ゆかり
代表歌三〇〇首選・自歌自注　他

編集後記

◆あまりの突然の悲報に言葉を失った方も多くあるだろう。私もまぎれもなくその一人だった。このムックの最終校了ゲラが小高さんから届いたのが二月十日、ゲラには前日にお書きになった手紙（別掲、197頁）が添えられていた。小高さんと飲めるというだけで胸が踊り、この本が刷り上がった日にでも、東京まで持参しようかと心ひそかに思い描いたりもしたものだった。同日、十日の午後四時過ぎにはメールがあり、書き出しは「東京は大雪。昨日、雪かきで腰を痛めました。年寄りは困ったものです。」であり、結語もやはり「そのうち、打ち上げで一献しましょう。楽しみにしています。」であった。その僅か数時間後に訪れる唐突な死のことなど、微塵も感じさせない文面である。

小高さんに最後にお会いしたのは、昨年（平成二十五年）年末、現代歌人協会の忘年会であった。現代短歌大賞の授賞式も兼ねる同会では、理事を務めていた小高さんが九十歳を越えて受賞された宮英子さんの傍に常におられて、ごくさりげなくお世話をされていた。足下のおぼつかない宮さんの立ち居を介助し、時には食事を運ぶ。この年齢の男性でそこまで気の付く人は稀である。思い返せば、小高さんの仕事場にはよくお邪魔したのであるが、会うと開口一番「新幹線大変だったろう」とか、雨の日なら「濡れなかった？大丈夫？」とまずこちらのことを気にしてくださった。そしてビールや、淹れてくださったコーヒーをいただいたものだ。

校了する直前の一週間ほどは、頻繁に手紙やメールのやり取りをしていたのであるが、そのやり取りの中で、小高さんは現在の日本の右傾化を非常に危惧されていた。お互いに意見を出し合っていたのだが「メールではなかなか言い足りませんね。また飲んだときにでも。」で終わっていた。小高さんには何でも話せた。息子のような年齢の私の話を真剣に聞いて、真摯に答えてくださった。年長者ったらしい物言いもなかった。だから気を置く必要もなかった。酒杯を傾けながら、大いにぶつけたい心情がいっぱいあった。

小高さん、飲む約束がまだ果たせていませんよ。

（永田淳）

シリーズ牧水賞の歌人たち Vol.5
小高　賢
2014年3月24日　初版第一刷発行
2014年6月6日　第二刷発行

監　修　伊藤一彦
編集人　永田淳
装　幀　加藤恒彦
発行人　永田淳
発行所　青磁社
〒603-8045 京都市北区上賀茂豊田町 40-1
Tel075-705-2838　Fax075-705-2839　振替 00940-2-124224
seijisya@osk3.3web.ne.jp　http://www3.osk.3web.ne.jp/~seijisya/
印刷所　創栄図書印刷

ISBN978-4-86198-273-6 C0095